Chas Addams
JN153616

チャールズ・アダムス「集会」

河出文庫

塵よりよみがえり

R・ブラッドベリ
中村融 訳

河出書房新社

目次

本書のふたりの産婆に捧ぐ——一九四六年、はじまりに立ち会ってくれたドン・コンドン、ならびに、二〇〇〇年、完成へむけてあと押ししてくれたジェニファー・ブリッフルに。感謝と愛をこめて。

塵よりよみがえり

序章　麗(うるわ)しき者ここにあり

春の日々には雨がやさしく屋根に触れ、十二月の夜には、目と鼻の先の戸外に雪のマントがかぶさる気配が伝わってくる屋根裏に、〈ひいが千回つくおばあちゃん〉がましましている。生きているわけでも、永遠に死んでいるわけでもなく……ましましているのだ。

大いなることが起きようとしているいま、大いなる夜が訪れ、集会がまさにはじまろうとしているいま、彼女のもとを訪ねないわけにはいかない！

「あがってもいい？　ぼくだよ！」ティモシーの声が、小刻みにふるえるはね上げ戸の下でかすかにあがった。「ねえったら⁉」

沈黙。エジプトのミイラはぴくりともしない。

彼女は暗い片隅に直立していた、ちょうど枯れはてたスモモの老木か、打ち捨てられた焦げ目だらけのアイロン台のように。干上がった川床(かわどこ)のような胸の前で手と手首を交差させ、時のとらわれ人は、縫いあわされたまぶたの裏で真っ青なラピス・ラズリの切れ長の目をきらめかせながら、思い出にふけっている。いっぽう、しなびた舌をもぞもぞと動かしている口は、かん高い音をたてたり、ため息をもらしたり、ささやき声をだしたりしながら思いだしている、四千年前、彼女が蜘蛛(くも)のリンネルと温かな息のシルクをまとい、手首に宝石を輝かせていたファラオの娘だったころ、大理石の庭園を駈けて、灼熱のエジプトの空にピラミッドがそびえ立つのを見まもったころにまでさかのぼる、あらゆる失われた夜のあらゆる時間を。

　と、ティモシーがほこりまみれになったはね上げ戸のふたを持ちあげ、真夜中の屋根裏の世界に声をかけた。

「ねえ、麗(うるわ)しき者！」

　ひと粒の花粉のようなほこりが、太古のミイラの唇からはらりと落ちた。

「もう麗しくはないよ！」

「じゃあ、おばあちゃん」

「ただのおばあちゃんでもない」と小声の返事が返ってくる。

「ひいが千回つくおばあちゃん？」

「それならいい」老いた声が、静まりかえった空気にほこりを舞わせた。「ワインは？」

「ワインだよ」ティモシーは屋根裏部屋に登った、両手に小さな栓つき瓶をかかえて。

「年代ものかい、坊や？」と声がつぶやく。

「紀元前だよ、おばあちゃん」

「いつごろの？」

「紀元前二千年、もうちょっとで三千年」

「いうことなし」しなびた笑顔からほこりが落ちた。「おいで」

散らばったパピルスをぬって進んだティモシーは、もはや麗しくはないけれど、その声はいまだに信じられないほど美しい者のもとへたどり着いた。

「坊や？」しなびた笑顔がいった。「わたしがこわいのかい？」

「いつだってこわいよ、おばあちゃん」

「唇を濡らしておくれ、坊や」

彼は手をのばし、いまや小刻みにふるえる唇に一滴だけワインを垂らした。

「もっと」彼女がささやいた。

ワインがもう一滴、ほこりまみれの笑顔にさわった。

「まだこわいかい？」

「ううん、おばあちゃん」

「おすわり」

彼は箱のふたに腰かけた。そこに記されているのは、戦士や、犬に似た神さまや、ライオンの頭をした神さまの神聖文字（ヒエログリフ）だ。

「どうしてここへ？」おだやかな川床を思わせる顔の下でしわがれ声がいった。

「明日は大いなる夜だよ、おばあちゃん、ずっとずっと待ってたんだ！　一族が、ぼくらの一族が世界じゅうからやってくる、世界じゅうから飛んでくるんだ！　教えて、おばあちゃん、そもそものはじまりを、この屋敷がどんな風に建ったかを、ぼくらがどこからやってきたかを、それに——」

「それくらいにしておき！」声がやさしく叫んだ。「千の昼を思いださせておくれ。深い井戸を泳がせておくれ。おとなしくするかい？」

「おとなしくするよ」

「さて」四千年のかなたから、ささやき声が流れてきた。「そもそものはじまりは……」

第一章　町と屋敷

はじめは――と〈ひいが千回つくおばあちゃん〉はいった――延々とつづく草原のなかのある場所と、草が生えているばかりの丘と、黒い稲妻のようにねじ曲がった、なにも生えない木しかなかった。やがて町ができ、屋敷が建った。

町がどうやって必要なものをひとつずつ集め、やがていきなり心臓を打ちだし、人々を目的地へ循環させるかはみんな知っている。でも、とおまえは訊くだろうね、家はどうやって建つのかと。

じつは木が生えていて、ひとりの木こりが、遠い西部へむかう途中、その木にもたれて思ったんだ、イエスさまが父親の庭で木を鋸（のこぎり）で引いたり、板材をけずったりする前、さもなければポンティウス・ピラトが手を洗う（イエスの死刑判決にさいして、みずからに罪がないしるしとして手を洗った）前にも、この木は生えていたんだろうな、と。荒れた天気とわき道にそれた〈時〉からその木が屋敷を招き寄せたという者もいる。いったん屋敷が建つと、地下室の根を中国人の墓地に深く張ったそれは、ロンドンで最後に見られたファサードをしのばせるほど立派だったので、川をわたるつもりだった幌(ほろ)馬車が行き足をゆるめ、馬車に乗った家族が目を皿のようにして見あげながら、このからっぽの屋敷はローマ教皇の宮殿か、王家の霊廟(れいびょう)か、女王の住まいにふさわしいかどうか調べてみたくなるのだった。先を急ぐ理由も見あたらなかった。そういうしだいで幌馬車は止まり、馬には水があたえられた。そして家族が目をやると、彼らの靴ばかりか魂までもが根を生やしているのだった。稲妻形の木のわきに立つ屋敷にうっとりするあまり、もしここを去ったら、屋敷が夢のなかで追いかけてきて、行く手で待っている場所をひとつ残らず色あせて見せるのではないかと恐れたのだ。

こうしてまず屋敷が建ち、その建立(こんりゅう)はつぎの伝説、神話、さもなければ酔っぱらいのたわごとの素(もと)となった。

どうやら平原に風が起こり、その風がやさしい雨を運んでくると、その雨が嵐になり、猛烈なハリケーンに育ったらしい。真夜中と夜明けのあいだに、このふたつに分かれた巨大な嵐は、インディアナとオハイオの辺境町(フォート・タウン)のあいだにある固定されてないものをかたっぱしから巻きあげ、北イリノイの森を丸裸にし、まだ生まれてない場所へやってくると、舞いおりて、目に見えない神の平らな手で下見板を一枚また一枚、屋根板を一枚また一枚とならべた。すると木材が目をさまし、日の出のずっと前に、ラムセス王が夢見たけれど、仕上げたのは夢見るエジプトから敗走したナポレオンだったものの形をひとりでにとった。

なかには聖ペテロ大聖堂の屋根をささえるほどの梁と、わたり鳥の一団にひさしを貸せるほどの窓があった。周囲をぐるっととり巻くポーチには、大勢の親類と寄宿人が揺り椅子を揺らせるほどの広さがあった。窓の内側には部屋の群れ、部屋の蜂の巣、部屋の迷路があり、まだ生まれてはいないけれど、やってくるのを約束された軍団の小隊、中隊、大隊をおさめられるほどだった。

やがて、星々が光に溶けこむ前に屋敷はできあがった。そして、どういうわけか未来の子供たちを呼びよせられずに、長年にわたり、その小高い丘にぽつんと立っていた。狭苦しいところという狭苦しいところにはネズミが、暖炉という暖炉にはコオロギが、無数の煙突には煙がいたにちがいない。そして人間そっくりの化けものが、ベッドというベッドを凍らせていたにちがいない。それから——庭には気のふれた犬、屋根には生きているガーゴイルが。みんな待っていたんだ、遠いむかしに旅立った嵐のすさまじい雷鳴が「はじまれ！」と叫ぶのを。

すると、ようやく、長い歳月の末に、はじまったんだよ。

第二章　アヌバの到来

最初に猫がやってきた、一番乗りをはたすために。

その猫が到着したのは、すべてのベビーベッドとクロゼットと地下のワイン蔵と屋根裏のもの干し場が、まだ十月の翼と秋の吐息と燃える目を必要としているときだった。あらゆるシャンデリアが山荘であり、あらゆる靴が個室であったとき、あらゆるベッドが風変わりな雪にふさがれたくてうずうずし、あらゆる階段の手すりが、物質よりもふわふわした生きものがすべりおりるのを予感したとき、歳月でたわんだあらゆる窓が、暗がりからのぞく顔をゆがめたとき、あらゆるからっぽの椅子(いす)が目に見えないものにふさがれているように思えたとき、あらゆるカーペットが見えない足跡を欲しがり、悪夢を吐きもどすかもしれないので見捨てられた裏階段のポンプが、息を吸いこみ、地表にむけて汚れた液体を吸いあげたとき、すべての寄せ木細工の床板が、迷える魂の油染にまみれてうめいたとき、高い屋根にあるすべての風見鶏(かざみどり)が、風を受けてくるくるまわり、グリフォンの歯をむきだして笑うあいだ、死番虫(しばんむし)が壁の裏でカサコソと音をたてたとき……。

そのときになって、ようやくアヌバという名前の王家の猫がやってきた。

正面玄関のドアがバタンと閉まった。

するとアヌバがいた。

傲慢（ごうまん）というつややかな毛皮をまとい、リムジンより何世紀も前にできた、ひそやかなエンジンをますますひそやかにして。彼女は廊下を悠然と歩いた、三千年におよぶ旅を終えたばかりの高貴な生きものは。

旅のはじまりはラムセス王のころだった。棚に置かれ、王の足もとにしまわれた彼女は、ミイラにされてリンネルにくるまれたほかのたくさんの猫とともに数世紀を眠って過ごし、目をさますと、ナポレオンの殺し屋たちが、ライオンの体をもつスフィンクスの顔を銃弾であばただらけにしようとしたあと、マムルークの砲弾に海へ追いはらわれたころだった。そのあと猫たちは、この女王猫とともに、商店街をぶらついた。やがてヴィクトリア女王の蒸気機関車がエジプトを横断し、墓場の盗掘品やアスファルトのしみこんだリンネルでくるまれた死体を燃料がわりにするようになった。骨と燃えやすいタールから成るこれらの小さな束は、ネフェルティティ＝タット（前十四世紀の王イクナアトンの妃ネフェルトイティと少年王ツタンカーメンのこと）急行と呼ばれるものの煙突のなかでぐるぐると渦巻いた。エジプトの空を焦がす黒煙は、息を吹いて火の粉を風に散らすクレオパトラのいとこたちの幽霊だったのだ。

やがて急行はアレクサンドリアに到着し、まだ燃やされてない猫たちと彼らの女皇陛下は、そこで合衆国にむかって船出した。彼らをくるんだ大きなパピルスの巻きとりは、ボストンの製紙工場むけに出荷されたものであり、そこでほどかれた猫たちは、幌馬車隊の積み荷となって逃げだした。いっぽうパピルスは、罪のない印刷機のあいだでめくられ、恐ろしい黴菌（ばいきん）をまき散らし、二、三百人の欲深い者たちの命を奪った。ニュー・イングランドの病院は、エジプト病の患者で足の踏み場もなく、彼らはじきに墓地にあふれかえった。いっぽうテネシー州メンフィス、あるいはイリノイ州カイロで放たれた猫たちは、黒っぽい木の町まで、高くそびえるこの上なく風変わりな屋敷までの道のりを歩きとおした。

こうして火に煤（すす）けた毛皮と、稲光のような頬髭（ほおひげ）と、オセロットの前足をそなえたアヌバが、あの特別な夜に屋敷へ大股にはいりこみ、からっぽの部屋と夢のないベッドには目もくれず、大広間の大暖炉のもとへやってきた。彼女が三度むきを変えてすわるあいだにも、洞穴めいた炉のなかで炎がはじけた。

いっぽう二階では、この猫の女王がくつろぐあいだ、一ダースの炉で炎がひとりでに燃えあがった。

その夜、煙突をぐるぐる昇った煙が呼びもどしたのは、エジプトの砂漠に雷鳴をとどろかせ、図書館の本のように広げられたミイラのリンネルをまき散らし、風に到来を告げながら進むネフェルティティ＝タット急行の音と亡霊じみた姿だった。
もちろん、それは最初の到来にすぎなかった。

第三章　高い屋根裏

「二番めにはだれがきたの、おばあちゃん、つぎはだれがきたの？」

「夢を見ながら眠れる者だよ、坊や」

「なんてすてきな名前だろう、おばあちゃん。眠れる者は、どうしてここへきたの？」

「高い屋根裏が、世界の反対側から呼んだのさ。わたしたちの頭の上にある屋根裏、風を集めて通し、世界をわたるジェット気流にその声を乗せる、二番めに大事な高い屋根裏部屋が。夢見る者は、嵐のなかでそうした気流をわたり歩いていた。稲妻に照らしだされ、ねぐらを欲しがっていた。だからここへやってきて、いまあそこにいるのさ！耳をおすまし！」

〈ひいが千回つくおばあちゃん〉が、ラピス・ラズリの目をすっと上へむけた。

「耳をおすまし」

するとが頭上で、もうひとつ重なった闇のなかで、夢に似たものがうごめいた……。

第四章　眠れる者とその夢

耳をすます者があらわれるずっと前から、高い屋根裏部屋はあった。そこではどこへも行かない流れ雲、どこかへ行く流れ雲、いずこかへ行く流れ雲から、割れたガラスをぬけて天気がはいりこみ、屋根裏にひとりごとをいわせ、いっぽう屋根裏はほこりででき
た日本風の砂庭をその厚板に広げるのだった。

乱雑にならべられた屋根板をふるわせながら、そよ風や風がささやいたり、つぶやいたりしていることは、セシーにしかわからない。猫のすぐあとにやってきて、一族が身を落ちつけると、一族きってのべっぴんで、特別な娘となったセシーにしか。特別というのは、他人の耳に触れ、さらには心の内側、それどころか夢のなかにまで触れられる能力(ちから)がそなわっていたからだ。彼女はそこで古い日本風の砂庭に長々と身を横たえ、風が屋根とたわむれるあいだ、小さな砂丘の動きにあわせて体をずらす。そこで天気と遠い場所のことばを聞き、この丘のむこうで、さもなければ右手の海と左手のもっと遠い海で起きていることを知る。たとえば、北から吹いてくる長い歳月をへた氷や、メキシ

コ湾とアマゾンの原野からそよそよと吹きよせる永遠の夏の消息を。

　こうして、横になって眠りながら、セシーは季節を吸いこみ、山のむこうの大平原に散らばる町の噂を耳にする。だから、食事どきにたずねれば、一万マイルはなれた見知らぬ人たちの波瀾万丈（はらんばんじょう）、そうでなければ平穏無事な暮らしぶりを話してくれるだろう。目を閉じている夜のあいだに耳にした人々のゴシップ、ボストンで生まれたり、モンテレーで息を引きとりかけたりしている人々のゴシップで、セシーの口はいつもはちきれそうなのだ。

　一族の口癖はこうだ。セシーをあの棘（とげ）の生えた真鍮（しんちゅう）のシリンダーのようにオルゴールに押しこんで、ぐるぐるまわせば、出てくるのは港に出入りする船の音、それどころか、この青い世界の地理のすべて、もひとつおまけに、宇宙のあらゆる音だろう。

　要するに、彼女は知恵の女神であり、このことを知っている一族は、彼女を陶器のようにあつかって、朝から晩まで眠らせておく。目をさませば、彼女の口が十二の国語と二十の心をこだまさせ、正午にプラトン、真夜中にアリストテレスを論破するほどの哲学をこだまさせると知っているから。

　そしていま高い屋根裏は待っている、ほこりの作るそのアラビアの海岸と、日本の純白の砂とともに。そして屋根板は動き、ささやき声をだしながら、ほんの数時間先の未来、悪夢の喜びが帰ってくるときを思いだしている。

だから高い屋根裏はささやくのだ。

やがて、耳をすましていたセシーが息を吹きかえした。

翼がざわめき、ずたずたになった煙のような靄と霧と魂がぶつかる前に、彼女はみずからの魂と飢えを目のあたりにした。

急いで、と彼女は思った。おお、ぐずぐずしないで！　駈けだすの。速く飛ぶのよ。なんのために？

「恋をしたいの！」

第五章　さまよう魔女

宙を舞い、谷を見おろし、星々の下、川の上、池の上、道の上をセシーは飛んだ。秋風のように目に見えず、たそがれの野原から立ちのぼるクローヴァーの吐息のようにさわやかに飛んだ。白テンのようにやわらかな鳩に宿って空を翔け、木に宿って止まり、葉に宿って生き、そよ風が吹けば、紅葉に宿って舞いおちた。黄緑色の蛙に宿ってうずくまり、キラキラ光る池のわきでミントのように涼やかだった。毛むくじゃらの犬に宿って駈けまわり、大声で吠えては、遠い納屋の壁から返ってくるこだまに耳をかたむけた。タンポポの幽霊か、こってりしたにおいのする大地から湧きあがる澄んだ水に宿って生きた。

さようなら、夏、とセシーは思った。今夜は世界じゅうの生きとし生けるものに宿るとしよう。

彼女はいまタールのたまった道路の上で、すっきりした形のコオロギの体を借りたかと思うと、つぎの瞬間には鉄門についた露に宿ってプルンとふるえた。

「愛」彼女はいった。「あたしの愛はどこ⁉」

夕食の席でそういったのだ。すると両親が椅子(いす)にすわったまま背すじをこわばらせた。

「辛抱おし」と両親は諭(さと)した。「いいかい、おまえはなみはずれているんだ。うちの一族全体が風変わりで、なみはずれている。ふつうの人と結婚するわけにはいかないんだよ。もし結婚したら、暗い魂を失ってしまう。自由自在に〝旅〟をする能力(ちから)を失いたくはないだろう? それなら気をつけて。気をつけるんだよ!」

けれども、自分の高い屋根裏部屋で、セシーは喉(のど)に香水をふりかけると、四柱式の寝台に身を横たえ、不安にわなないたのだった。外ではミルク色をした月が、イリノイの田園に昇り、川をクリームに、道路をプラチナに変えていた。

「そうよ」彼女はため息をついた。「あたしは、黒い凧(たこ)のように夜空を飛ぶ奇妙な一族の一員よ。なんにだって宿れるわ——小石にだって、クロッカスにだって、カマキリにだって。ほら!」

風が彼女を吹きとばし、野原と牧草地の上へ運んだ。

眼下では、農家と農場の温かな光が、夕闇の色で輝いていた。

風変わりだから、自分で恋ができないなら、と彼女は思った。それならほかのだれかを通して恋をするのよ!

宵闇(よいやみ)のなか、一軒の農家の外で、まだ十九歳にはなっていない黒髪の娘が、歌を口ずさみながら、深い石造りの井戸から水をくんでいた。

セシーは舞いおりた——枯れ葉に宿って——井戸のなかへ。井戸のやわらかな苔(こけ)に宿り、暗い冷気をすかしてあおぎ見た。と、彼女はヒラヒラと泳ぐ目に見えないアメーバに宿って活発に動いた。つぎの瞬間、水滴のなかへ！　とうとう、冷たいコップのなかで、少女の温かな唇へ持ちあげられるのを感じた。ごくごくと水を飲む音が、静かに夜にひびきわたる。

セシーは少女の目から外をのぞいた。

暗い頭にはいりこみ、キラキラ光る目からザラザラのロープを引っぱる手を見つめた。貝殻のような耳を通して、この少女の世界の音に聞きいった。繊細な鼻孔を通して、この独特の宇宙のにおいを嗅ぎ、この特別な心臓がドキンドキンと打つのを感じた。このなじみのない舌が、歌いながら動くのを感じた。

少女があえいだ。夜の牧草地に目をこらし、

「だれかいるの？」

返事はない。

（ただの風よ）とセシーがささやいた。

「ただの風よ」少女は笑い声をあげたが、ぶるっと体をふるわせた。

すてきな体だ、この少女の体は。つやつやでほっそりした象牙(ぞうげ)のような骨を隠してお

り、ふっくらと肉がついている。この脳はピンクのティー・ローズそっくりで、暗闇に浮かんでいる。この口は林檎酒（サイダー・ワイン）の味がする。唇は真っ白い歯にしっかりとくっついており、眉は世界にむかってきれいなアーチを描いている。髪はふんわりと風になびき、ミルク色の首にかかっている。毛穴は小さく引きしまり、ぴったりと閉じている。鼻は月にむかってかたむいており、頬は小さな焚（た）き火のように輝いている。体はある動作からつぎの動作へ羽毛のようにふんわりと移っていき、いつも鼻歌を歌っているようだ。この体に宿るのは、暖炉の火にあたるようなものだった。眠っている猫が鳴らす喉に宿るようなものだった。夜中に海へ流れこむ温かな小川の水にひたるようなものだった。

（これならいいわ！）とセシーは思った。

「なに？」まるで聞こえたかのように、少女がたずねた。

（あなたの名前は？）セシーはおそるおそる訊いた。

「アン・リアリー」少女が体をぴくりとさせた。「いったいどうして自分の名前を声にだしていわなきゃいけないの？」

（アン、アン）セシーはささやいた。（アン、あなたはこれから恋をするの）

　まるでこのことばに応えるかのように、けたたましい音が道路から飛びだしてきた。ガチャガチャという音と砂利をかむ車輪のひびき。背の高い男がオープン・カーを運転している。たくましい腕でステアリング・ホイールを握り、庭のむこうから満面の笑みを送ってくる。

「アン！」

「あんたなの、トム？」

「ほかにだれがいる？」男は笑いながら、車から飛びおりた。

「あんたとは口をきかない！」アンはくるっとふりむいた。両手にさげたバケツの水がこぼれる。

（だめよ！）セシーが叫んだ。

アンがぴたりと動きを止めた。彼女は丘と一番星に目をやった。トムという名前の男をしげしげと見た。セシーは、彼女にバケツをおろさせた。

「ほら、あんたのせいよ！」

トムが駈けよってきた。

「あんたのせいでこうなったのよ！」

トムは笑いながら、ハンカチで彼女の靴をふいた。

「寄らないで！」

彼女はその手を蹴飛ばしたが、トムはまた笑い声をあげた。そして何マイルもはなれたところから彼を見つめていたセシーには、その頭がぐるっとまわるのが見えた。頭蓋(ずがい)骨(こつ)の大きさ、鼻の開き具合、目の輝き、肩幅、ハンカチでその繊細な作業をこなしている手に秘められた強い力が見てとれた。セシーはこのほれぼれするような頭、秘密の屋根裏からのぞき見しながら、腹話術師の人形の隠れた銅線を引っぱった。するとかわいらしい口がぱかっと開き――

「ありがとう！」

「おや、それじゃ礼儀が身についたのかい？」

男の手にしみついた革のにおい、服にしみついたオープン・カーのにおいが、きゃしゃな鼻孔をくすぐった。すると、遠くはなれた夜の牧場と秋の野原の上にいたセシーが、夢を見ているかのようにベッドのなかで身じろぎした。

「あなたにいったんじゃないわ、とんでもない！」とアン。

（大声をださないの、ていねいな口をききなさい）とセシー。彼女はアンの指をトムの頭のほうへ動かした。アンがその指をあわてて引っこめる。

「頭がどうかしちゃったんだわ！」

「どうかしちゃったんだな」トムはうなずいた。笑顔だけれど、とまどったようすだ。

「ぼくにさわろうとしたのかい？」

「わかんない。もう、あっちへ行って！」彼女の頬がピンクの木炭でかっかと燃えた。

「そっちこそ行けよ！　べつに引き止めてるわけじゃない」トムは立ちあがった。「気が変わったのかい？　今夜ぼくとダンスに行ってくれるのかい？」

「行かないわ」とアン。

(行くわ!)セシーが叫んだ。(あたしはダンスをしたことがない。赤茶色のロング・ガウンをはおったこともない。ひと晩じゅう踊りたいわ。踊っている女に宿るのがどんな風か知らないの。父さんと母さんが許してくれない。犬や、猫や、イナゴや、葉っぱや、世界じゅうのありとあらゆるものにいちどか二度は宿ったことがあるけど、ただひとつ、春の女にだけは宿ったことがないわ、こんな夜にはいちどだって。ああ、お願い——あたしたちはダンスに行かなくちゃいけないのよ!)

新しい手袋のなかで指を広げるように、彼女は思いを広げた。

「いいわ」アン・リアリーがいった。「どうしてかわからないけど、今夜あんたと行くわ、トム」

(さあ家(うち)へはいって、早く!)セシーが叫んだ。(部屋にはいって、体を洗い、家の人に話して、ガウンをだしてくるのよ!)

「母さん」アンがいった。「あたし、気が変わったわ」

車が轟音(ごうおん)をあげて街道を遠ざかっていくなか、農場の部屋がいきなり活気づいた。水が浴槽のなかをぐるぐるまわり、母親がヘアピンの端をくわえてバタバタと走りまわる。

「いったいどういう風の吹きまわし、アン? トムはきらいなんでしょう!」

「そのとおりよ」アンはいっぺんに熱が冷めたように手を止めた。

(でも、お別れの夏なのよ!) とセシーは思った。(冬がくる前にもどってきた夏なのよ)

「夏」とアンがいった。「お別れ」

(ダンスにはうってつけ) とセシーは思った。

「……ダンスには」とアン・リアリーがつぶやいた。

それから彼女は浴槽のなかにいて、石鹸(せっけん)が白いアザラシのような肩の上でクリームになり、石鹸の小さな巣がわきの下にかかり、温かな乳房の肉が手でもまれていた。そしてセシーは口を動かし、笑顔をこしらえ、動作がとぎれないようにしていた。手を休めさせるわけにはいかない。さもないと、このパントマイム全体が水の泡になってしまう! アン・リアリーは動きつづけなければいけない。あれをして、これをして、ここを洗って、そこに石鹸をつけて、さあ、出るのよ!

「まあ!」アンは鏡に映った自分の姿をとらえた。真っ白とピンクばかりで、さながら百合(ゆり)とカーネーション。「あなたはだれ――?」

(十七歳の女の子よ) セシーはアンのすみれ色の目から見つめた。(あなたには見えないわ。あたしがここにいるのを知ってる?)

アン・リアリーはかぶりをふった。

「体を夏の終わりの魔女に貸してしまったんだわ、きっと」

（あたらずとも遠からずね！）アンは笑った。（さあ、ドレスよ！）

すべすべのシルクがぽっちゃりした体をすべるゾクゾクするような肌ざわり！　そのとき表で声があがった。

「アン、トムがもどってきたわよ！」

「待つようにいって」アンは腰をおろした。「ダンスには行かない」

「なんですって？」と母親が叫ぶ。

セシーはぱっと注意をもどした。一瞬、アンの体からはなれたのが致命的なまちがいだった。セシーは、月明かりに照らされた田舎道を車が疾走してくる遠い音を耳にして、トムを見つけよう、彼の頭のなかにすわって、こんな夜に二十二歳の男に宿るのはどんな風かたしかめてやろうと思ったのだ。それですばやく道をたどりはじめたのだが、いま、ちょうど小鳥が籠(かご)にもどるように、アンの頭のなかの喧噪にあわてて引きかえした。

「アン！」

「帰るようにいって！」

「アン！」

しかし、アンはいうことを聞かなかった。

「いやよ、いやよ、トムなんかきらい！」

（はなれるんじゃなかった──一瞬たりとも）セシーは若い娘の手に、心臓に、頭に、自分の心をやんわりと、やんわりと注ぎこんだ。（立つのよ）と彼女は思った。

アンが立ちあがった。

（上着をはおって！）

アンは上着をはおった。

（歩きなさい！）

「いやよ！」

（歩きなさい！）

「アン」母親がいった。「出ておいで。いったいどうしちゃったの？」

「なんでもないわ、母さん。帰りは遅くなりそう」

アンとセシーはふたりそろって、去りゆく夏の夜へ駈けこんだ。

しとやかになびく羽毛を逆立てて、軽やかに踊る鳩たちでいっぱいの部屋、孔雀たちでいっぱいの部屋、虹色の目と光でいっぱいの部屋。そのまんなかで、くるくると踊りまわるアン・リアリー。

（ああ、なんてすてきな夕べなんでしょう）とセシー。

「ああ、なんてすてきな夕べなんでしょう」とアン。

「きみは変だよ」とトム。

　薄闇のなか、歌の川のなかで音楽に乗ってふたりはまわった。ふたりはただよい、浮き沈みし、空気を求めて浮かびあがり、息をあえがせ、まるで溺(おぼ)れているかのように、おたがいにしがみつき、扇とささやき声とため息のなかで『麗(うるわ)しのオハイオ』にあわせて旋回しつづけた。

　セシーはハミングした。アンの唇がひとりでに開いた。音楽が流れでた。

(そう、変わってるのよ)とセシー。

「いつものきみじゃない」とトム。

「今夜はね」

「ぼくの知ってるアン・リアリーとは別人だ」

(ええ、まるっきり別人よ、まるっきり)遠くはなれたところでセシーがささやいた。

「ええ、まるっきり別人よ」とひとりでに動く唇がいった。

「これほどおかしな気分は味わったことがない」とトム。「きみのことで」彼はアンと踊りながら、用心深くその火照(ほて)った顔をさぐった。「その目だ、どうも腑に落ちない」

(あたしが見えるの?)セシーがたずねた。

「きみはここにいる、アン。それなのにいない」トムはおそるおそる彼女を右へ左へとまわした。

「どうしてぼくときたんだい？」

「そうよ」

「きたくなかったわ」とアン。

「じゃあ、どうして？」

「なにかのせいで」

「なにかって？」

「わからないわ」アンの声はかすかにヒステリー気味だった。

（さあ、さあ、黙って）セシーがささやいた。（黙って、それでいいわ。まわって、まわって）

ふたりは暗い部屋のなかで音楽に乗ってまわりながら、ささやき、さらさらと衣ずれの音をさせ、あがったりさがったりした。

「でも、こうしてやってきた」とトム。

「やってきたわ」とセシーとアン。

「こっちだ」トムは軽やかに踊りながら開いたドアをぬけ、人目を避けるようにしてホールと音楽と人々から彼女を連れだした。

ふたりは彼のオープン・カーに乗り、ならんですわった。

「アン」トムが彼女の手をとると、その手は小刻みにふるえていた。「アン」

けれども、その名前のいいかたは、まるで彼女の名前ではないかのようだった。彼はアンの青白い顔を横目でうかがいつづけた。いま彼女の目は、また見開かれていた。

「むかしきみを愛してたんだ、わかってるだろう」

「わかってるわ」

「でも、きみはいつもそっけなかったし、ぼくは傷つきたくなかった」

「ふたりともまだ若いわ」とアン。

「ちがうわ、つまりあたしがいいたいのは、ごめんなさい」とセシー。

「いったいなにをいいたいんだ？」トムは彼女の手をはなした。

夜は温かく、ふたりのすわっている場所をぐるっととり巻くように、大地のにおいがたちこめていた。みずみずしい木々が、吐息で葉をざわざわと揺らして触れあわせている。

「わからないわ」とアン。

「おお、でも、あたしにはわかるわ」とセシー。「あなたは背が高くて、世界でいちばんハンサムな男よ。今夜はすばらしい晩で、今晩あなたといっしょだったのを、この先ずっと忘れないわ」彼女は異質に感じられる冷たい手をさしのべ、尻ごみする男の手をまたさぐりあてて引きもどし、それを温め、ぎゅっと握りしめた。

「でも」と目をしばたたきながらトム。「今夜のきみは気まぐれだ。いまここにいたかと思うと、もうあっちにいる。今夜きみをダンスに連れてきたかったのは、むかしのよしみだったんだ。最初に誘ったときは、それだけのことだった。そのあと、井戸のそばに立っていたとき、きみのなにかが変わっているのに気づいたんだ。なにかががらりと変わっていた。なにか新しくてやわらかいものが、なにか……」彼はことばを探した。「わからない、うまくいえない。きみの声のなにかだ。そうしたら、またきみに恋してるのがわかったんだ」

「ちがうわ」セシーがいった。「あたしによ、あたしに恋してるのよ」

「でも、きみに恋するのがこわい」トムはいった。「きみに傷つけられるから」

「傷つけるかもしれない」とアン。

（いいえ、とんでもない、心の底から愛してあげるわ！）とセシーは思った。（アン、あたしのかわりにそういって。愛してあげるといって！）

アンはなにもいわなかった。

トムがそっと身を寄せると、片手を彼女の頰にあてた。

「ここからうんと遠いところで就職するんだ。ぼくがいないと寂しいかい？」

「ええ」とアンとセシー。

「さよならのキスをしてもいい？」

「いいわ」ほかのだれにも口を開くいとまをあたえず、セシーがいった。

彼は唇を奇妙な唇に重ねた。奇妙な口にキスし、ぶるぶるふるえていた。

アンは白い彫像のようにすわっていた。

（アン！）セシーがいった。（動きなさい！　この人を抱きしめて！）

アンは月明かりを浴びて木彫り人形のようにすわっていた。

トムはもういちど彼女の唇にキスをした。

「あなたを愛してるわ」セシーがささやいた。「あたしはここよ、この人の目のなかに見えているのはあたしなの。この人にその気がなくても、あたしは愛してるわ」

トムは体をはなした。長距離を走りおえた男のように見えた。

「いったいどうなってるんだ。一瞬そこに……」

「なに？」

「一瞬、思ったんだ――」彼は両手を目にあてた。「なんでもない。さあ、家まで送ろうか？」

「そうしてちょうだい」とアン・リアリー。

大儀そうに彼は車をだした。ふたりは月明かりを浴びた車の単調な音と動きに身をまかせた。夏のような秋の夜はまだ更けておらず、ようやく十一時になったところ。光り輝く牧草地とからっぽの野原が、わきをかすめ過ぎていく。

野原と牧草地に目をやりながら、セシーは考えた。悔いはないわ、今夜からずっとこの人といられるなら、なにもかも捨てても悔いはないわ、と。すると両親の声が、またかすかに聞こえた。

「気をつけるんだよ。能力をなくしたくはないだろう——ただの地虫と結婚したりして」

　ううん、なくしたっていいわ、とセシーは思った。たとえいまここで能力をあきらめることになっても、この人があたしと結婚してくれるなら。そうすれば寂しい夜にさまよわなくてもいいし、鳥や犬や猫や狐に宿らなくてもいい。この人といっしょにいるだけでいい。この人といるだけで。

　道路がささやきながら、車の下を過ぎていく。

「トム」とうとうアンがいった。

「なんだい？」彼は道路を、木立を、空を、星々をひややかに見つめた。

「もしいつか、そのうち、いつでもいいけど、ここからすこしはなれたイリノイ州のグリーン・タウンに行くことがあったら、ひとつ頼まれてくれる？」

「なにを？」

「時間を作って、あたしの友だちに会ってもらえない？」アン・リアリーはこのことばをとぎれとぎれに、おずおずといった。

「どうして？」

「親友なのよ。あなたのことを話してるの。住所を教えるわ」車が農場で止まると、彼女は小さなハンドバッグから鉛筆と紙をとりだし、紙を膝(ひざ)にあて、月明かりのなかで住所を書いた。「読めるかしら？」

彼は紙にちらっと目をやり、とまどい顔でうなずいた。

彼は住所を読んだ。

「いつか彼女を訪ねてくれる？」アンの口がひとりでに動く。

「いつかね」

「約束する？」

「ぼくらとなんの関係があるんだ？」トムが声を荒らげた。「名前と紙でどうしろっていうんだ？」紙をくしゃくしゃにして小さく丸める。

「おお、約束してちょうだい！」セシーがせがんだ。

「……約束……」アンがいった。

「わかった、わかった、そうするよ！」彼は叫んだ。

疲れたわ、とセシーは思った。ここにはいられない。家へ帰らないと。旅ができるのは、動けるのは、飛べるのは毎晩ほんの数時間だけ。でも、行く前に……。

「……行く前に」とアン。

彼女はトムの唇にキスをした。

「キスしたのはこのあたしよ」とセシー。

トムは彼女を押しのけ、アン・リアリーを見つめ、深い深い内側を見つめた。彼はなにもいわなかったが、こわばった顔がすこしずつ、ほんのすこしずつやわらぎはじめ、しわが消えていき、口もとのこわばりがほぐれ、トムは目の前にある月明かりを浴びた顔をまた深々とのぞきこんだ。

それから彼女をかかえておろし、お休みのあいさつもそこそこに、道路をすばやく走り去った。

セシーは少女からはなれた。

アン・リアリーは、監獄から解き放たれ——そう思えたのだ——わっと泣きだすと、月明かりの小道を家まで駈けていき、ドアをバタンと閉めた。

セシーはほんのしばらくぐずぐずしていた。コオロギの目に宿って、温かい夜の世界をながめた。蛙の目に宿って、池のそばで孤独の瞬間を味わった。夜の鳥の目に宿って、月光を浴びた背の高い楡(にれ)の木から見おろした。すると目に映ったのは、一マイルはなれたふたつの農場で明かりが消えるところだった。彼女は自分自身と一族のこと、自分の不思議な力のこと、そして丘のむこうに広がるこの広大な世界の住人とは結婚できない一族の身の上に思いをめぐらせた。

(トム?)彼女の弱りつつある心は、夜の鳥に宿って木立の下を飛び、野原芥子(のはらからし)の深い藪（やぶ）を越えた。（まださっきの紙を持ってる、トム？　いつか、いつの日か、そのうち、あたしに会いにきてくれる？　そのときあたしとわかってくれる？　あたしの顔をのぞきこんで、最後にあたしと会った場所を思いだし、あたしがあなたを愛してるように、あなたもあたしを愛してるのを、心の底から、ずっとずっと愛してるのをわかってくれる？）

彼女はひんやりした夜気のなか、町と人々から百万マイルはなれたところ、農場と大陸と川と丘の上で動きを止めた。

（トム？）そっとつぶやく。

トムは眠っていた。夜も更けていた。背広が椅子にかけられていた。そして白い枕の上、頭のわきに音もなく、おそるおそるのばされた片方の手に、住所を書いた小さな紙きれが握られていた。ゆっくり、ゆっくりと、何分の一インチ刻みで、その指が閉じていき、紙きれをしっかりと握った。そして彼はぴくりともせず、気づきもしなかったが、そのとき一羽のツグミが、不思議なことに、澄みきった月光を浴びた窓ガラスを一瞬コツンとたたいてから、ひっそりとはばたいて空中で止まり、東のほうへ、眠れる大地のかなたへ飛び去った。

第六章　ティモシーはどこから?

「じゃあ、ぼくは、おばあちゃん?」ティモシーがいった。「ぼくも高い屋根裏の窓をぬけてきたの?」

「おまえはきたんじゃない、坊や。見つけられたんだ。籠にいれられてドアに置かれていたんだよ、シェイクスピアを足載せがわりに、ポオの『アッシャー家』を枕がわりにしてね。肌着にメモがピンで留めてあった――**歴史家**と書いてあったよ。おまえは遣わされたんだ、坊や、わたしたちのことを書き記し、わたしたちをリストに載せるために。太陽を嫌って月を愛することを記録するために。でも、ある意味で、屋敷が呼んだんだ。だからおまえの小さなこぶしは、書きたくて書きたくてたまらないんだよ」

「なにを、おばあちゃん、なにを書くの?」

　年老いた口がもつれ、ぶつぶついい、ぶつぶついって、もつれた……。

「そもそものはじまりは、屋敷そのものが……」

第七章　屋敷と蜘蛛（くも）と子供

　屋敷は神秘のなかの謎のなかの不可解だった。というのも、それぞれが異なる静寂と、それぞれがサイズの異なる——なかには天蓋（てんがい）つきのもある——ベッドをおさめていたからだ。天井のなかには飛びまわれるほど高いものもあり、そこでは影が逆さまにぶらさがってもかまわない。食堂には十三脚の椅子（いす）がならんでおり、それぞれに十三と番号がふられているので、その不吉な椅子にすわりそこねる者は出ないようになっている。頭上のシャンデリアは、五百年前に海で溺れた亡者の涙をかたどっている。地下室には年代ものワインをおさめるための大箱が五百と、風変わりな名前のついたワインがしまいこまれており、ベッドや高い天井の止まり木を好まない未来の訪問者のために、からっぽの小部屋を用意している。

　張りめぐらされた蜘蛛（くも）の巣の道を使うのは、たった一匹の蜘蛛だ。上からすーっとおりてきたり、下からするすると昇ったりするので、屋敷全体がおそろしくすばしこい蜘蛛（アラク）の織りあげる壮大なタピストリーとなっている。どれくらいすばしこいかというと、いまワインの大箱のわきにいたかと思うと、つぎの瞬間には嵐と仲のいい屋根裏部屋へ飛びこんでいるという具合だ。すばやく、音もなく、巣を行ったり来たりしながら、糸をつくろっているのだ。

全部あわせれば、いったいいくつの部屋が、小部屋が、クロゼットが、大箱があるのだろう？ だれも知らない。千といったら大げさだが、百ではとてもきかない。百五十九といったところだろうか。それぞれが長いことからっぽだった。世界じゅうから住人を呼びよせ、雲から下宿人をなんとか引きこもうとしていた。屋敷は幽霊の闘技場であり、とり憑かれたくてうずうずしていた。そして百年にわたり雨風と陽射しが地球をめぐるうちに、屋敷は知れわたり、世界じゅうで長いまどろみをむさぼっていた死者たちが、冷たい驚きに打たれて半身を起こすと、死よりも不思議な暮らしを望み、身の毛もよだつような品々を売りはらって、旅費を工面したのだった。

世界のあらゆる秋の葉が枯れおち、ガサガサと音をたてて移動した。アメリカ中部でぴたりと止まり、舞いおりて木に服を着せた。その木はさっきまで裸で立っていたのに、つぎの瞬間にはヒマラヤ、アイスランド、ケープ（南アフリカ共和国ケープ州南西部の地域）からやってきた落ち葉に飾られていた。赤く色づき、葬式のように厳粛な盛装をしていたのだ。やがて木はひとりでに幹をふるわせ、十月の花を満開にさせると、万聖節のカボチャ提灯に似ていないこともない実をつけた。

まさにそのとき……。

暗いディケンズ風の嵐のさなかに道を通りかかっただれかが、正面の鉄門のわきにピクニック・バスケットを置いていった。バスケットのなかでは、なにかがすすり泣き、しゃくりあげ、泣きわめいていた。

ドアが開き、歓迎委員会が姿をあらわした。この委員会を構成するのは、なみはずれて背が高い妻である女性と、さらに背が高く、痩せこけている夫である男性と、リア王が若かったころには年老いていた老婆――その厨房で煮えたつのは釜だけであり、釜のなかのスープは献立からはずしたほうがいい――だった。ピクニック・バスケットにかがみこみ、黒っぽい布きれをめくったのがこの三人だった。布の下では、生後一、二週間ほどの赤ん坊が待っていた。

三人は赤ん坊の色、日の出と暁のピンクに驚き、その呼吸の音、春の息吹を思わす音に驚き、乱打する心臓の鼓動――せいぜいハチドリが籠のなかでたてる音くらいだ――に驚いた。〈霧と沼地の貴婦人〉――というのも、彼女はその名で世界じゅうに知られていたから――が、とっさにいちばん小さな鏡をとりだした。彼女がその鏡を持ち歩いているのは、自分の顔を映すためではなく――というのも、鏡に映らないから――他人の顔におかしなところはないかと調べるためだった。

「おお、見て」彼女は叫び、鏡を小さな赤ん坊の頬にあてた。すると見よ！　驚天動地の事態が起きたのだ。

「なんてこった」と痩せこけて青白い夫がいった。「この子の頰は映ってるぞ！」

「わたしたちとはちがうんだよ！」

「ちがうわ。でも、やっぱり」と妻がいった。

小さな青い瞳が三人を見あげ、鏡のなかでも見あげた。

「ほうっておきなさい」と夫。

だから、三人がそのまま引っこんで、赤ん坊を野犬や野良猫にまかせていたとしても不思議はなかった。ところが、土壇場になって、闇の貴婦人が「だめ！」と叫ぶと、手をのばして、ふりかえり、バスケットを、赤ん坊と一切合切を持ちあげ、小道をたどって屋敷にはいり、廊下を進んで、その瞬間に育児室となった部屋へ運びこんだのだ。というのも、その部屋は四面の壁と天井がエジプトの墳墓に副葬されたおもちゃの絵でおおわれていたからだ。それらがなぐさめるのは、暗黒の川を千年にわたり旅するファラオの息子たち。退屈な時間をまぎらわせ、口もとをほころばせるには、楽しいおもちゃが欠かせないのだ。そういうわけで壁一面に犬や猫がはねまわっていた。隠れんぼするための鋤（すき）かえされた小麦畑や、悲しみに暮れるファラオが、亡くなった子供たちの健康を憂慮して描かせた死者のパンやシャロットの絵もあった。そしてこの墳墓の育児室に血色のいい子供がやってきて、冷たい王国の中心にいすわることになったのだ。

バスケットにさわりながら、冬と秋のはざまの屋敷の女主人がいった。

「特別な光に恵まれ、命を約束された聖人がいなかったかしら、たしかティモシーといったはずだけど」

「いるよ」

「それなら」と闇の貴婦人。「聖人よりかわいいから、この子が聖人かもしれないという疑いは晴れるし、不安も吹きとぶわ。だから聖人ではないけれど、この子はティモシーよ。そうよね、坊や？」

するとと自分の名前を耳にして、バスケットのなかの新来者が、うれしそうな声をはりあげた。

その声は高い屋根裏まで昇り、夢のさなかにいたセシーに潮の満ち引きのような眠りのなかで寝返りを打たせた。彼女は頭をもたげ、その奇妙な喜びの叫び声をもういちど聞きつけ、口もとに笑みを浮かべた。しばらく屋敷は奇妙に静まりかえっていた。だれもがこの先どうなるのだろうと思いをめぐらせていたのだ。夫が身動きせず、妻がつぎにどうしようかと思いながら、なかばうわの空で身をかがめたとき、セシーは一瞬にしてさとった、自分の旅がじゅうぶんではないことを、いまここにいたかと思うと、つぎの瞬間あそこで見たり、聞いたり、味わったりするなら、そのすべてを分かちあい、語り広めてくれる者がいなければならないことを。その語り部がここにいるのだ。その小さな叫び声はこういっていた。あなたがなにを見せてくれ、なにを語ってくれるにしろ、いつか強く、むこうみずで、すばしこくなるこの小さな手が、そいつをつかまえ、書きとめるよ、と。この約束のことばを感じとったセシーは、沈黙の思考と歓迎の意志を薄い織物にして赤ん坊のもとへ送りとどけ、それで赤ん坊をくるむと、自分たちは一体だと知らせた。するとなだめられ、すっかりくつろいだ捨て子のティモシーが、泣きやみ、セシーからの目に見えない贈りものである眠りについた。これを見て、棒立ちになっていた夫がにっこりした。

するど、これまで隠れていた蜘蛛が、毛布から這いだしてきて、周囲の空気をひとしきりさぐってから、小さな子供の手に駈けより、未来の宮廷とその影の廷臣たちを祝福できるようにと、悪夢の教皇の指輪をはめて、ぴたりと動きを止めた。それで蜘蛛はピンクの肉を背にした黒檀(こくたん)色の石にしか見えなくなった。

いっぽうティモシーは、自分の指にはまったものにまったく気づかないまま、セシーの大きな夢の細かな点までを知った。

第八章　はるばる旅をしてきたネズミ

屋敷に一匹の蜘蛛（くも）がいるなら、きっといるはずだ――たった一匹のネズミが。

　生の世界から死の世界とエジプト第一王朝の墳墓へ逃げこんだこの小さな幽霊齧歯類（げっしるい）が、ようやく自由の身となったのは、好奇心に駆られたボナパルトの兵士たちが、墳墓の封印を破り、黴菌（ばいきん）だらけの空気を盛大に吹きださせたときだった。その黴菌が兵士たちの命を奪い、パリを混乱におとしいれたのは、ナポレオンが敗走し、フランス軍の銃弾であばた面になったスフィンクスが勝利をおさめ、運命が前足を広げたずっとあとのことである。

　こうして暗闇から出てきた幽霊ネズミは、港まで足をのばし、マルセイユやロンドンやマサチューセッツへむかう猫たちとはべつに船出して、一世紀後、ティモシーという子供が一族の戸口で泣き声をあげたちょうどそのとき、屋敷に到着したのだった。このネズミが敷居の下でぎょっとしたのは、油断なく目を光らせた八本脚の生きものに迎えられたからだった。そのあいさつは、毒をしたたらせた頭の上でたくさんの膝をこすりあわせるというものだった。茫然としたマウスは、その場に凍りつき、賢明にも何時間も身動きしなかった。やがて、教皇の指輪をこしらえた蜘形類が調べるのに飽き、朝食がわりの蠅をたいらげに行ってしまうと、マウスは板張りの奥へ姿を消し、ガサゴソと秘密の羽目板をぬけて育児室にむかった。そこでは、赤ん坊のティモシーが、どんなに小さくても、どんなに風変わりでもかまわないから、もっと多くの仲間を切実に欲しがっていたので、彼を毛布の下へ迎えいれ、なでさすり、死ぬまで友だちでいる契りを結んだ。

こうして聖人でないティモシーは、すくすくと育って若い人間の子供となり、誕生日のケーキに十本の蠟燭がともされることになった。

そして屋敷と木と一族は、〈ひいが千回つくおばあちゃん〉と屋根裏で砂にまみれたセシーは、お供のアラクを片方の耳にいれ、マウスを肩に載せ、アヌバを膝に載せたティモシーは、なによりも偉大な到来を待った……。

第九章　集会

「やってくるわ」と高い屋根裏のほこりのなかに寝そべっているセシーがいった。

「どこにいるの？」と窓のそばで外をのぞいていたティモシーが声をはりあげた。

「ヨーロッパの空にいる者もいれば、アジアの空にいる者、イギリスの空にいる者、南アメリカの空にいる者もいるわ！」と目を閉じたままセシー。長い茶色の睫（まつげ）がぴくぴくとふるえている。口は開いていて、ささやき声のことばがすらすらと出てくる。

ティモシーは、むきだしの床板と散らばったパピルスを踏んで進みでた。

「いったいだれがくるの？」

「アイナーおじさんとフライおじさん、いとこのウィリアム。それにフルルダとヘルガーとモーギアンナおばさんが見えるわ。それにいとこのヴィヴィアン。ヨハンおじさんが見える！　ぐんぐんやってくるわ！」

「空を飛んでるの？」と目をきらきらさせてティモシーが叫んだ。ベッドのわきに立った姿は、せいぜい十歳にしか見えない。表では風が吹いていた。屋敷は暗く、明かりは星明かりだけだった。

「空を飛んでくるし、地面を進んでくるわ、いろんな姿でね」と眠りながらセシー。彼女はじっと横たわり、思いを自分の内側にむけて、目に映るものを話して聞かせた。

「狼のようなものが暗い川を——浅瀬のところで——わたってるわ、すぐ先には滝があるの。星明かりで毛皮が燃えてるみたい。楓の葉が高いところで揺れてるわ。小さなコウモリが飛んでる。たくさんのけものがいて、森の木の下を走ったり、てっぺんの枝をすりぬけたりしてるわ。それがみんな、ここをめざしてるのよ！」

「ちゃんとまにあうかな？」

ティモシーの衿にとまっている蜘蛛が、黒い振り子のように体を揺らした。興奮して踊っているのだ。ティモシーは姉の上に身を乗りだし、

「集会にまにあうかな？」

「ええ、まにあうわ、ティモシー！」セシーは声をとがらせた。「あっちへ行ってよ！これから好きな場所を旅するんだから！」

「邪魔して悪かったね！」廊下へ出ると、彼は自分の部屋へ駆けもどり、ベッドをととのえた。目をさましたのは日没だった。そして一番星が昇ったころ、興奮をおさえきれずにセシーのもとへ行ったのだった。

ティモシーが顔を洗うあいだ、そのほっそりした首に銀の輪をかけて、蜘蛛がぶらさ

がっていた。

「考えてごらん、アラク、明日の晩だよ！　万聖節前夜（オール・ハロウズ・イヴ）だ！」

　彼は鏡にむかって顔をあげた。屋敷でただ一枚の鏡。彼が〝病気〟だから、母親が特別に許してくれたのだ。ああ、せめてぼくがこれほどひ弱でなかったら！　口をあんぐりとあけ、母なる自然に授かった貧弱な歯をのぞかせる。トウモロコシの粒みたいだ、丸くて、やわらかくて、青白いなんて！　じゃあ犬歯は？　とがれてない火打ち石だ！

　宵闇がおりた。彼はぐったりしたようすで蠟燭（ろうそく）をつけた。この一週間、ささやかな家族全員が、母国での暮らしとおなじ暮らしをしていた。昼間は眠り、日没に起きだして集会の準備に精をだすのだ。

「おお、アラク、アラク、せめて昼間ほんとに眠れたらいいのに、ほかのみんなみたいにさ！」

　彼は蠟燭をかかげた。ああ、鋼鉄のような歯があれば、爪のような歯があれば！　さもなければ、心を自由自在に送りだす力があれば、エジプトの砂の上で眠っているセシーみたいに！　でも、だめだ、ぼくは暗闇がこわいんだから話にならない！　しかもベッドで眠るんだ！　地下室のピカピカにみがかれた箱のなかじゃなくて！　ぼくが司教の息子であるかのように、一族がぼくを避けるのも無理はない！　せめて翼が肩から生えてくれたら！　彼は背中をむきだしにして、目をこらした。翼はなかった。これじゃ飛べっこない！

　階下にはズルズルという音が満ちていた。黒い紗（しゃ）が張られているのだ、あらゆる廊下、あらゆる天井、ドアというドアに！　黒い蠟燭の燃えるにおいが、手すりのある階段を昇ってきた。それとともに母さんの声と父さんの声が、地下室からひびいてくる。

「ねえ、アラク、仲間にいれてもらえるかな、ほんとうの仲間にだよ？」

　ティモシーはいった。蜘蛛はその絹糸の端で自分だけくるくるまわった。

「毒キノコや蜘蛛の巣をとりにいったり、紗をつるしたり、カボチャを切ったりするだけじゃなくてさ。ぼくは走りまわったり、ジャンプしたり、わめいたり、笑ったり、そう、仲間になりたいんだよ。そうだろう⁉」

　答えるかわりに、アラクは鏡の前に蜘蛛の巣を張った。そのまんなかにひとつの単語を織りこんで――否（ニル）！

　階下では、ただ一匹の猫が熱に浮かされて屋敷じゅうを走りまわり、音のこだまする壁のなかにいるただ一匹のネズミが、そわそわしたか細い声でおなじことばを繰りかえした、まるでいたるところで「集会だ！」と叫ぶかのように。

　ティモシーはまたセシーのもとへ登っていった。彼女は深い眠りについていた。

「いまどこにいるの、セシー？」とささやき声でいう。「飛んでるの？　地上にいるの？」

た。

「もうじきだ」ティモシーはぱっと顔を輝かせた。「万聖節だ！　もうじきだ！」

彼はあとじさり、セシーの顔に浮かぶ風変わりな鳥やはねまわるけものの影をながめた。

「もうじきよ」セシーがつぶやいた。

あけはなしになった地下室のドアの前を通りかかると、たちこめた湿った土のにおいが鼻をついた。

「父さん？」

「おいで！」父さんが叫んだ。「大至急！」

ティモシーはしばらくためらい、天井で揺れる千の影、到着の約束をじっと見つめてから、地下室に飛びこんでいった。

父さんは細長い箱をみがく手を止めた。コツンと箱をたたき、

「こいつをみがきなさい、アイナーおじさんのために！」

ティモシーは目を見はった。

「アイナーおじさんは大きいんだ！　七フィート？」

「八フィートさ！」

ティモシーは箱をピカピカにした。

「体重は二百六十ポンド？」

父さんは鼻を鳴らした。

「三百ポンドさ！　じゃあ箱の内側がこうなってるのは？」

「翼をしまえるようになってるの？」とティモシーが叫ぶ。

「そうだ」父さんは笑い声をあげた。「翼をしまえるようになってるのさ」


夜の九時にティモシーは、十月の天気のなかへ飛びだしていった。いま温かかったかと思うと、つぎの瞬間には冷たくなっている風のなかで、二時間ほど毒キノコを集めながら、小さな森を歩いた。

とある農場の前を通りかかった。

「せめてぼくらの屋敷で起きてることを知ってもらえたらなぁ！」

彼は煌々と輝く窓にむかっていった。丘を登り、遠くはなれた町を見おろした。町は眠りについており、遠くに教会の時計が、高く、丸く、白く浮かびあがっていた。町の人もやっぱり知らないんだ、と彼は思った。

そして毒キノコを家へ持ち帰った。

地下室で儀式がとりおこなわれた。父さんが不吉な呪文を唱え、母さんの白い象牙みたいな手が異様な祝福のしるしを描きだした。家族全員が集まっており、顔を見せていないのは、階上で眠っているセシーだけ。しかし、セシーはそこにいた。いまバイオンの目からのぞいていたかと思うと、こんどはサミュエルの目、こんどは母さんの目からのぞいている。と、動きを感じると、こんどはその人の目をぎょろりとさせ、行ってしまうのだ。

　ティモシーは暗闇にむかって祈った。

「お願いです、どうか大きくなったらみんなみたいにならせてください、もうじきここへやってくる人たちみたいに、年をとることもなく、死ぬこともできず、とにかく、みんなそういうんです、死ぬこともできないって、ひょっとするとずっとむかしに死んだのかもしれないけど、セシーは大声をあげるし、母さんと父さんも大声をあげます、おばあちゃんはささやき声しかださないけど、もうじきみんながやってくるのに、ぼくは何者でもありません。みんなのように壁をすりぬけたり、森に住んだり、さもなければ十七年ごとの大雨に溺(おぼ)れそうになって出てくるまで、地中に住んだりできません。群れをなして走ったりできません。ぼくをそうできるようにしてください！　みんなが永遠に生きるんなら、ぼくだって生きたいんです」

「永遠」と母さんの声が、聞きつけたことばをオウム返しにした。「おお、ティモシー、かならず方法はあるわ。きっと探しだしてあげるから！　さて、それでは――」

　窓がガタガタ鳴った。リンネルのパピルスでできたおばあちゃんの屍衣(しい)がガサガサいった。壁のなかの死番虫(しばんむし)が、カチカチと音をたてながら興奮して走りまわった。

「はじまりなさい」母さんが叫んだ。「はじまれ！」

すると風が起こった。

それは目に見えない大きなけもののように世界へ押しよせた。それが悲しみと嘆きの季節となって通りすぎるのを全世界が耳にした。その風は闇の祝典の材料を運んできて散らし、そのすべてを北イリノイに注ぎこんだ。潮のように満ち引きする音のなかで、風は石造りの天使の目から落ちた塵(ちり)を墓場から盗みとり、亡霊の肉体が群がる墳墓に掃除機をかけ、名もない葬儀の花をわしづかみにし、ドルイドの木を丸裸にして、はぎとった葉を高々と投げあげ、乾いた雨を降らせた。おびただしい数のはがれた皮と真っ赤な目、ひとりでにちぎれて歓迎の旗となる荒れ狂う雲の海のなかで狂ったように燃える目が、ゆっくりと歩きながら、場所をふさいでいくなか、それらは数をふやし、孤独な歳月という恐ろしく憂鬱(ゆううつ)な噴火の爆音を空に鳴りひびかせたので、農場で眠る百万人が涙で顔を濡らしながら目をさまし、天気予報ではいわなかったのに、夜中に雨が降ったのだろうかと首をひねった。そして告別と到着の交錯するこの重力で濁った海をわたる嵐の川の上で、やがて、葉とほこりがいりまじってはばたき、それは丘と、屋敷と、歓迎の一行と、そのすべてを見おろすセシー、屋根裏にいて、砂の上で眠りのトーテムとなり、心でさし招き、許しのことばをもらしているセシーの上で旋回しながら宙に止まった。

いちばん高い屋根にいたティモシーは、セシーの目がいちどだけまたたくのを感じとり――

屋敷の窓がここで一ダース、あそこで二ダースと大きく開き、いにしえの空気を吸いこんだ。窓という窓があんぐりと口をあけ、すべてのドアがバタンと開くと、屋敷全体がひとつの大きな飢えた胃袋となり、歓迎、歓迎とあえぎ声でいう息とともに夜を吸いこんだ。そしてクロゼットと地下室の大箱と屋根裏のくぼみが、暗い喧噪のなかでひとつ残らず身ぶるいしたのだ！

ティモシーが肉と血でできたガーゴイルのように身を乗りだすなか、おびただしい量の墳墓のほこりと蜘蛛の巣と翼と十月の葉と墓場の花が、屋根にたたきつけられた。そのさなかにも丘のまわりの土地では、歯とビロードの前足で武装した影たちが道路を疾駆し、森をぬって進んでいた。耳をしきりに動かし、月にむかって吠えていた。

そして空のものと陸のものがここであわさり、あらゆる窓、あらゆる煙突、あらゆるドアをぬけて屋敷に打ちかかった。まっすぐに飛ぶものや狂ったようにジグザグに飛ぶもの、直立して歩くものや四つ足で走るものやいびつな影のようにはねるもの、葬式の箱船から追いたてられ、気のふれた盲目のノアに別れを告げられたもの、歯ばかりで舌がなく、ピッチフォークをふりかざし、空気を汚すものが。

こうして、全員がわきにひかえるなか、さまざまな声で話す影と雲と雨の洪水が地下室にあふれ、それぞれが死んで生きかえった年を記した大箱におさまった。そして客間の椅子には、奇妙な遺伝子をそなえたおばたちとおじたちがすわり、台所の老婆には本人よりもおかしな歩きかたをする助手ができた。そのいっぽうで、もっと常軌を逸したいとこたちと、長らく音信不通だった甥たちと、風変わりな姪たちがよろめいたり、大股で歩いたり、天井のシャンデリアのまわりを飛んでパヴァーヌを踊ったり、下の部屋がいっぱいになるのを感じたりしていた。そして、のちに適者生存の法則と名づけられたものからはずれた不自然な生存者の大集団が、壁にかかった絵をかたむかせ、ネズミが流感にかかったように走りまわるなか、エジプトの煙が沈み、ティモシーの首にいた蜘蛛が、耳のなかへ避難し、「聖域」と叫んでも聞こえないなか、ティモシーは屋内にもどり、セシーに、この大騒ぎを指揮する眠れる将軍に感心してから、ひいおばあちゃんに会いに飛んでいくと、おばあちゃんは誇りでリンネルをはちきれさせ、ラピス・ラズリの目をめらめらと燃えあがらせており、そのあと心臓の鼓動と騒音の集中砲火を浴びながら階下へおりようとすると、まるでばかでかい鳥籠を通っていくようで、そこはあわててやってきたけれど、いますぐ飛びたとうとする翼ばかりの真夜中の生きものを飼育所に閉じこめたかのような騒ぎだった。やがて稲光もなかったのに、とうとうすさまじい轟音と雷鳴がとどろき、最後の嵐雲が月明かりを浴びた屋根の上でふたのように閉まり、窓がバタバタとひとつずつ閉まっていき、ドアがバタンと閉まっていき、空は晴れあがり、道はからっぽになった。

そしてその渦中で茫然としていたティモシーが、大きな喜びの声をあげた。

それに応えて一千の影がふりむいた。二千のけだものの目が、黄色や緑や黄色っぽい金色に燃えた。

そのぐるぐるまわる遠心機に巻きこまれ、喜びでわれを忘れたティモシーは、渦と回転に投げとばされ、壁にたたきつけられると、ぴったりとはりついたまま、身動きもできず、みじめにも、影と霧と靄と煙の顔と蹄のある脚の回転木馬を見まもることしかできず、蹄がふりおろされ、火花が散ったとき、だれかにぐいっと壁から引きはがされた！

「やあ、おまえがティモシーにちがいない！　そうだ、そうだとも！　手が温かすぎる。顔と頬が温かすぎる。額に汗をかいている。汗なんて長いことかいてないなぁ。これはなんだ？」うなり声があがり、毛深いこぶしがティモシーの胸をたたいた。「そいつはちっぽけな心臓か？　鉄床みたいに打ってるじゃないか。なあ？」

髭面がティモシーをにらみつけた。

「そうです」とティモシー。

「かわいそうな子だ、もうだれもそんなものは持ってない、すぐに止めてあげるよ！」

そして高笑いにあわせて、冷えきった手と冷たい丸顔が、ぐるぐるまわるダンスのなかへと去っていった。

「あれは」と気がついたらそばにいた母さんがいった。「ジェイスンおじさんよ」

「好きじゃないな」とティモシーはささやき声でいった。

「べつに好きにならなくてもいいのよ、坊や、無理に好きにならなくてもいいの。そりがあわないってこともあるから。あの人は葬儀をとり仕切る（ディレクト）の」

「どうせ行くところがひとつなら、どうして行き先を指示（ディレクト）しなきゃいけないの？」とティモシー。

「うまいことというわね！　彼には見習いが必要だわ！」

「ぼくじゃないよ」とティモシー。

「あなたじゃないわ」即座に母さんがいった。「さあ、もっと蠟燭に火をつけて。ワインを配ってちょうだい」彼女はティモシーにお盆をわたした。その上に載っているのは、ふちまでなみなみと注がれたゴブレットが六つ。

「ワインじゃないよ、母さん」

「ワインよりいいものよ。わたしたちのようになりたい、それともなりたくない、ティモシー？」

「なりたい。なりたくない。なりたい。なりたくない」

わっと泣きだした彼は、お盆を床にとり落とし、正面ドアまで駈けていって、夜のなかへ飛びだした。

　すると、けたたましい音をたてて翼がなだれ落ちてきて、彼の顔を、腕を、手を強く打った。途方もない混乱が耳をかすめ、目にあたり、ふりあげたこぶしをたたいた。そのとき、すさまじい轟音をあげておりてきて、彼におおいかぶさったもののなかで、恐ろしげな笑みを浮かべた顔が目に映り、ティモシーは叫んだ。

「アイナー！　おじさん！」

「さもなければアイナーおじさんだ！」その顔が叫ぶと、ティモシーをつかみ、夜空へ高々と放りあげた。ティモシーは宙に浮かび、金切り声をあげ、またつかまえられた。翼の生えた男が飛びあがり、笑いながら彼をつかまえ、ぐるぐるまわしたのだ。

「どうしておじさんだとわかった？」男が声をはりあげた。

「翼の生えたおじさんはひとりしかいないもの」

　ティモシーが息をはずませるなか、ふたりは屋根の上をビュンと飛びすぎ、鉄のガーゴイルをかすめ、屋根板すれすれを飛び、東西南北の農場を一望のもとにおさめられる高みまで昇った。

「飛べ、ティモシー、飛べ！」と大きなコウモリの翼を生やしたおじさんが叫んだ。

「飛んでるよ、飛んでるよ！」ティモシーがあえぎ声でいう。

「ちがう、ほんとうに飛ぶんだ！」

そして笑い声をあげながら、すてきなおじさんはティモシーをはなした。ティモシーは落ち、両腕をばたばたさせたが、それでも落下し、金切り声をあげると、またつかまえられた。

「いいか、そのうちだ！」とアイナーおじさん。「考えろ。望め。望みをかなえる力があれば――そうなるんだ！」

ティモシーは目を閉じた。大きくはばたいて空を満たし、星々をおおい隠す翼のあいだでただよった。肩胛骨（けんこうこつ）に小さな火の芽が生えた気がして、もっと強く望むと、こぶがふくらんで、ぱっと破裂した！　すごい。すごいや！

「そのうちそうなる」ティモシーの心を読んで、アイナーおじさんがいった。「いつか、さもなければ、おまえはおじさんの甥じゃない！　早くそうなれよ！」

ふたりは屋根すれすれを飛び、セシーが夢を見ている屋根裏の砂丘をのぞきこみ、十月の風をつかまえ、雲間へと舞いあがり、すーっと急降下すると、ポーチにおり立った。そこでは目のかわりに霧をつけた二ダースの影が、やんやの喝采でふたりを迎えた。

「飛ぶのは楽しかったかい、ティモシー？」おじさんが叫んだ。彼はけっしてつぶやかない。なにもかもがけたはずれの爆発、オペラの朗唱なのだ。「これくらいで足りたかな？」

「足りたよ！」ティモシーはうれし涙にむせんだ。「ああ、おじさん、ありがとう」

「この子の最初のレッスンだ」アイナーおじさんが宣言した。「じきに空気が、空が、雲が、おれのものであるように、この子のものになるだろう！」

さらに拍手喝采が雨あられと降ったのは、アイナーがティモシーをテーブルについた踊る幽霊たちと、ご馳走に舌鼓を打っている骨と皮ばかりの者たちのもとへ連れていったときだった。形のない煙が煙突からもくもくと出てきて、思いだされた甥やいとこたちの姿をとったかと思うと、煙であることをやめて肉体をまとい、踊る者たちの輪にもぐりこみ、饗宴の場をにぎわせた。やがて遠くの農場で雄鶏が時を作った。まるでなぐられたかのように、全員が身をこわばらせた。乱痴気騒ぎが静まった。煙と霧と雨の形が地下室に通じる階段にそって溶け、大箱や、真鍮の名札のはまったふたのついた箱にもぐりこみ、身を落ちつけ、おさまった。最後の最後に、アイナーおじさんが空気を乱打しながらおりていった、脳裏によみがえりかけた死――ひょっとすると彼自身の死かもしれない――を笑いとばしながら。そしていちばん長い箱に身を横たえ、翼を笑い声の左右にたたみこむと、最後にコウモリの翼の先端を胸にぴたりとはりつけ、目を閉じ、ひとつうなずいた。すると、呼びかけに応えて、ふたが笑い声にかぶさって閉じた、まるで彼がまだ空を飛んでいるかのように。そして地下室はひっそりと静まりかえり、闇につつまれた。

冷えびえとした夜明けのなかに、ティモシーはとり残された。というのも、みんな去ってしまったからだ。みんな光を恐れて眠ったからだ。ティモシーはひとりぼっち、昼間と太陽を愛しているけれど、なんとかして暗闇と夜を愛したいと願いながら、這うようにして屋敷の階段を登りきり、こういった。

「疲れたよ、セシー。でも、眠れない。眠れないんだ」

「眠りなさい」

ティモシーがエジプトの砂の上、彼女のかたわらに身を横たえると、セシーがつぶやいた。

「さあ。眠りなさい。お眠りなさい」

するとが、いわれるままに、彼は眠った。


日没。

三ダースの細長い中空の箱のふたが、バタンと開いた。三ダースの蜘蛛の糸、蜘蛛の巣、エクトプラズムが、群がって脈打ったかと思うと——形をとった。三ダースのいとこ、甥、おば、おじが、ふるえる空気から溶けだしてきた。ここに鼻、ここに口、一対の耳、かかげられた手とくねくね動く指。脚がのびて足首ができ、その先が生えるのを待っているのだ。それから踏みだして、地下室の床におりる。そのさなかにも風変わりな樽(たる)がポンと開いて、年代ものワインではなく、翼のような秋の葉と秋の葉のような翼を飛びださせ、それは足のないまま階段を勢いよく登っていく。いっぽう下からは、からっぽになった煙突の煙道が燃え殻のだす煙を吹きだし、目に見えない演奏家たちが音楽をひびかせ、信じられないほど大きな齧歯類がピアノを鳴らし、拍手喝采を待った。

そのまっただなか、火山噴火のような轟音のなかで、ティモシーはけものの子供のもとから恐ろしげな親類のところまではじき飛ばされたので、とうとう負けを認めて、体を渦からもぎはなし、台所に逃げこむと、そこではなにかが大雨の吹きつける窓ガラスを背にしてうずくまっていた。それはひっきりなしにため息をつき、むせび泣き、窓ガラスをコツコツとたたいていた。と、気がつくと、ティモシーは外にいて、雨に打たれ、風に凍えながら、なかをのぞきこんでいた。屋内は蠟燭の光しかない闇に沈んでいた。ワルツが踊られていた。彼はワルツを踊れなかった。彼にはたいらげられない食べものがたいらげられていた。彼には飲めないワインが飲まれていた。

ティモシーはぶるっと身ぶるいして、階段を駈けあがり、月光に照らされた砂と、ご婦人がたのような形をした砂丘と、そのまんなかで眠っているセシーのところまで行った。

「セシー」彼はそっと呼びかけた。「今夜はどこにいるの？」

セシーが答えた。

「ずっと西よ。カリフォルニア。塩辛い海のそばで、近くに泥沼があって、蒸気を噴きあげてる。あたりは静かね。あたしは農夫の奥さんで、木でできたポーチにすわってるの。太陽が沈みかけてるわ」

「ほかにはなにがあるの、セシー？」

「泥沼がシューッと蒸気を吐きだしてるわ」彼女は答えた。「泥沼から蒸気の小さな灰色の頭がポコポコと湧きだしてくるの。そうすると頭がゴムみたいに裂けて、濡れた唇みたいな耳ざわりな音をたててくずれるのよ。そうすると硫黄（いおう）のにおいが、地中深くで燃えるにおいが、大むかしのにおいがただようの。恐竜はここで二十億年も煮つめられてきたんだわ」

「まだ煮つめられてるの、セシー？」

　おだやかに眠っているセシーの口もとがほころんだ。

「ぐつぐつにね。山にはさまれたここでは、もうとっぷり日が暮れたわ。あたしはこの女（ひと）の頭のなかにいて、頭蓋骨にあいた小さな穴を通して外をながめながら、静けさに耳をすましてるの。飛行機が大きな翼を広げた翼手竜のように飛んでるわ。もっと先では、ティラノサウルスみたいな蒸気シャベルが、空を飛ぶこの騒々しい爬虫類（はちゅうるい）を見つめてる。あたしは目をこらし、先史時代の料理のにおいをかぐの。静かだわ、とっても静かだわ……」

「いつまでその頭のなかにいるの、セシー？」

「この人の人生を変えるくらい見て、聞いて、感じるまでよ。この人のなかに住むのは、世界のどこに住むのとも似てないわ。小さな丸太小屋の立つこの谷は、夜明けの世界なの。黒い山なみが、静けさで谷を囲んでる。三十分にいちど、車が通りかかるわ、ヘッドライトを光らせて、舗装されてない道の上を。それから静けさと夜がもどってくる。あたしは日がな一日ポーチにすわって、影が一本一本の木からのびて、ひとつにあわさり、大きな夜になるのをながめるの。あたしは亭主が帰ってくるのを待つ。亭主は二度と帰ってこない。谷、海、わずかな車、ポーチ、揺り椅子、あたし自身、静けさ」

「これからどうするの、セシー？」

「ポーチをおりて、泥沼のほうへ歩いていくところよ。硫黄のガスがあたり一面にたちこめてきたわ。鳥が大声で鳴きながら、上のほうを飛んでる。その鳥に乗り移ったわ！飛びながら、新しい小さなガラス玉の目の内側で、あの女を見おろすと、泥沼のなかへ二歩踏みこむじゃない！　まるで大石が落ちたみたいな音がしたわ！　白い手が泥沼に沈んでいく。泥がその上で閉じたわ。さあ、これで帰れるわ！」

なにかが屋根裏の窓に激しくぶつかった。

セシーがまばたきした。

「ただいま！」彼女は笑い声をあげた。「帰ってきたわ！」

セシーは視線をさまよわせて、ティモシーを見つけた。

「せっかくの集会なのに、どうして階上にいるの?」

「ねえ、セシー!」彼は大声でいった。「みんなに注目されるようなことをしたいんだ、みんなのようにすてきになれること、仲間にいれてもらえるようなことを。姉さんだったらもしかして——」

「いいわ」彼女はつぶやいた。「まっすぐ立って! さあ、目を閉じて、なにも考えないで、なんにも!」

彼はまっすぐな上にもまっすぐ立って、なにも考えなかった。

セシーがため息をついた。

「ティモシー? 準備はできた? もういい?」

手袋に手をいれるみたいに、セシーが両耳にもぐりこんできた。

「行くわよ!」

「みんな! 見て!」

ティモシーは不思議な赤ワイン、風変わりな年代もののはいったゴブレットをかかげた。全員が注目した。おばも、おじも、いとこも、姪も、甥も!

彼はその酒を飲みほした。

血のつながりのない姉のローラに手をふり、彼女の視線をとらえる。彼女はその場で立ちすくんだ。

ティモシーはささやきながら、ローラの腕をうしろ手に固定した。そっと、彼女の首筋にかみついた！

蠟燭が消えた。風が屋根板をたたいて拍手した。おばたちとおじたちが息を呑んだ。ふりむくと、ティモシーは毒キノコを口に押しこみ、呑みくだした。それから両腕で腰をたたきながら、ぐるぐる走りまわった。

「アイナーおじさん！　いまから飛ぶよ！」

階段のてっぺんで、腕をばたばたさせているティモシーの耳に、母さんの「だめ！」という悲鳴がとどいた。

「だめじゃないよ！」ティモシーは体を勢いよく投げだした。

あるはずの翼が途中で爆発した。悲鳴をあげながら、ティモシーは墜落した。

アイナーおじさんが抱きとめてくれた。

ティモシーが激しくもがいていると、声がひとりでに唇から飛びだした。

「こちらはセシーよ！」声は叫んだ。「セシーよ！　会いにきて！　屋根裏へ！」

笑い声。ティモシーは自分の口を止めようとした。

笑い声。アイナーが彼をおろした。セシーにむかって殺到する群衆をかき分けて走ったティモシーは、正面ドアを大きく蹴りあけて……。

　グエッ！　ワインと毒キノコが、冷たい秋の夜のなかへ出ていった。

「セシー、きらいだ、だいっきらいだ！」

　納屋のなか、深い影のなかで、ティモシーは悔し涙に暮れながら、いいにおいのする干し草の山にもぐりこんだ。それからじっと横たわった。ブラウスのポケットから、隠れ家（が）にしている安全なマッチ箱から、蜘蛛が這いだしてきて、ティモシーの肩から首をつたって耳まで登った。

　ティモシーは体をわななかせた。

「だめだよ、おやめ。よせよ！」

　触毛がやさしく鼓膜をなでる。大きな気遣いを示す小さな信号。おかげでティモシーは泣きやんだ。

　それから蜘蛛は彼の頬をつたいおり、鼻の下に身を落ちつかせると、まるでそこに憂愁（メランコリー）を探すかのように、鼻の穴をさぐってから、音もなく鼻のへりまで移動してすわりこみ、ティモシーをじっと見つめた。しまいにはティモシーも吹きだした。

「もういいよ、アラク！　あっちへ行け！」

　それに応えて、蜘蛛はすーっとおりていき、十六の細かな動作でティモシーの口にかぶせて糸をジグザグに張った。おかげで口がだせる音といえば——

「むむむむむ！」

ティモシーは干し草をガサガサいわせて上体を起こした。

マウスがブラウスのポケットのなかにいた。小さな体が居心地よさそうにしているのは、彼の胸と心臓に触れているからだ。

アヌバがそこで丸くなり、やわらかな玉となって眠りながら、夢を見ていた。真新しい夢のなかではたくさんの美味しそうな魚が泳いでいた。

地面はいま月光に染めあげられていた。大きな屋敷のなかで野卑な笑い声があがったのは、大鏡を使って〈鏡よ、鏡よ〉の遊びがはじまったからだろう。鏡に映らない、いい、ちども映ったこともない、いい、これからもけっして映らない者たちが姿を映そうとして、わいわいやっているのだ。

ティモシーは唇にかかったアラクの蜘蛛の巣を払って、

「これからどうしよう？」

床へおりたアラクは、屋敷のほうへちょこまかと走った。やがてティモシーが彼をつかまえ、また耳のなかへ押しこんだ。

「わかったよ。それっ、とにかく楽しもう！」

彼は走った。そのうしろを、小さなマウスと大きなアヌバが走った。庭を半分ほど横切ったところで、緑の防水布が空から落ちてきて、絹の肌ざわりの翼でティモシーをうつぶせにおさえつけた。

「おじさん！」

「ティモシー」

アイナーの翼が太鼓（たいこ）のような音をたてた。ティモシーは指ぬきのように引きぬかれて、アイナーに肩車された。

「元気をだすんだ、甥っ子よ。おまえにはたくさんとりえがあるんだ。おれたちの世界は死んでいる。墓石の灰色ずくめだ。人生はいちばんすくなく生きる者にとって最高なんだ。すくないほど値打ちがあるんだ、すくないほど！」

真夜中からあと、アイナーおじさんはティモシーを連れて屋敷じゅうを飛びまわった。部屋から部屋へと、人ごみをぬって、歌いながら。そのあいだに〈ひいが千回つくおばあちゃん〉が屋根裏からおろされた。エジプト風の経帷子（きょうかたびら）にくるまれたおばあちゃん、もろい始祖鳥めいた骨にリンネルの包帯をぐるぐる巻きにしたおばあちゃんが。彼女はナイルのパンの大きなかたまりのように体をこわばらせて無言で立ちつくし、賢い目を音もなく燃える炎のようにきらめかせていた。夜明け前の朝食の席では、長いテーブルの上座に立てかけられ、極上のワインをしたたらせてもらい、ほこりっぽい口を湿らせた。

風が起こり、星々が燃え、ダンスのテンポが速まった。たくさんの闇が乱れ、泡立ち、かき消え、ふたたびあらわれた。

つぎの遊びは〈棺桶〉だった。棺桶が一列にならべられ、そのまわりをフルートの調べにあわせてみなが歩いた。ひとつずつ棺桶が減らされた。そのみがきあげられた内部を奪いあって、人数がふたり、四人、六人、八人と減っていき、やがて一台の棺桶が残った。ティモシーは妖精のいとこ、ロブといっしょに注意深くそのまわりをまわった。フルートの音がやんだ。穴に飛びこむ地栗鼠のように、ティモシーは棺に突進した。ロブがひと足早かった！　やんやの喝采！

笑い声とおしゃべり。

「アイナーおじさんの妹は元気？　翼の君は」

「ロッテなら先週ペルシアを飛んでいて、矢に撃ちおとされたよ。宴会用の鳥にされた。鳥だってさ！」

彼らの笑い声は風でできた洞穴だった。

「じゃあカールは？」

「橋の下に住んでるやつかい？　かわいそうなカール。ヨーロッパのどこにも住む場所がないんだ。新しく橋をかけなおすとき、聖水をふりまいてお清めするからさ！　カールはホームレスだよ。今夜は数えきれないほど難民がいる」

「おいおい！　橋はひとつ残らずそうなのかい？　かわいそうなカール」

「あっ、聞こえる！」

パーティのざわめきがぴたりとやんだ。はるかかなたで、町の時計が午前六時の鐘を鳴らした。集会は終わったのだ。時計が鐘を鳴らしているうちに、百の声が何世紀も前の歌を歌いはじめた。おじたちとおばたちが、腕をからませ、ぐるぐるとまわりながら歌った。そして冷えびえとした遠い朝のどこかで、町の時計が鐘を鳴らすのをやめ、しじまが訪れた。

ティモシーは歌った。

歌詞も調べも知らないのに、彼は歌った。歌詞も調べもよどみなく、なめらかに、声高に、美しく流れでた。

歌いおわると、彼はエジプトの砂と夢がある高い屋根裏をじっと見つめた。

「ありがとう、セシー」彼はささやき声でいった。

風が吹いた。彼の口からセシーの声が飛びだした。

「許してくれる？」

それから彼がいった。

「セシー。もう水に流したよ」

それから肩の力をぬき、口がひとりでに動くままにした。すると歌はつづいた、リズミカルに、よどみなく、メロディアスに。

大きなざわめきのなかで別れのことばがかわされた。母さんと父さんは、厳粛な喜びにひたって戸口に立ち、去りゆく者たちひとりひとりの頰にキスをした。そのむこうでは、東の空が色づき、明るくなっていた。冷たい風が吹きこんだ。全員が舞いあがり、西へ飛ぶにちがいない。世界をめぐる太陽をふりきるにちがいない。急げ、おお、ぐずぐずするな！

ふたたびティモシーは、頭のなかの声に耳をすまし、

「うん、セシー。きっと気にいると思うよ。ありがとう」といった。

するとセシーの力を借りて、彼はつぎからつぎへと体を乗り移った。一瞬にして、戸口にいる年老いたいとこのなかにいて、お辞儀をし、母さんの青白い指に唇を押しつけながら、しわだらけのなめし革めいた顔から彼女を見つめていた。と思うと、風のなかに踏みだして、風にさらわれ、風に舞う木の葉となって、めざめかけている丘のかなたへ吹きとばされた。

ぱっと切りかわり、ティモシーはべつの顔の裏にいた。戸口で別れのあいさつをかわしている。いとこのウィリアムの顔だ。

煙のようにすばしこいいとこのウィリアムは、赤い目を爛々と輝かせ、毛皮に朝露を光らせながら、舗装されてない道を駈けていった。肉趾のある足を音もなくしっかりと

おろし、荒い息をつきながら丘を越え、くぼみのなかへ。と、気がついたときには宙に舞いあがり、飛び去っていた。

それからティモシーは、アイナーおじさんの背の高い傘のような体のなかに湧きあがり、その茶目っ気たっぷりの目から外をのぞいた。ちょうどちっぽけな青白い体をさらいあげるところだった。ティモシーだ！　自分をさらいあげたのだ！

「いい子でな、ティモシー。近いうちに会おう！」

颪に乗った木の葉よりも速く、くぐもった雷鳴のような音を翼でたてながら、田舎道を走る狼のような魔物よりもすばやく、大地の容貌（かんばせ）がぼんやりし、最後の星々がななめに見えるほどの速さで、アイナーおじさんの口のなかで小石のように、ティモシーは飛んだ。途中まで彼といっしょに飛んだ。

と思うと、自分の体にもどっていた。

叫び声と笑い声は尾を引くように消えていき、ほとんど絶えた。だれもが抱きあい、泣きながら、世界がどれほど住みにくくなったかを考えていた。毎年会っていたころもあったが、いまでは何十年かにいちど集まるだけなのだ。

「忘れるな、二〇〇九年にセイラムで会おう！」だれかが叫んだ。

セイラム。ティモシーは萎（な）えた心でそのことばをなぞった。セイラム——二〇〇九年。フライおじさんも、おばあちゃんも、おじいちゃんも、しなびた経帷子をまとった〈ひいが千回つくおばあちゃん〉も出席するだろう。母さんも、父さんも、セシーも、ほかのみんなも出席するだろう。でも、ぼくはそれまで生きられるだろうか？

最後に身を切るような風が吹き、ひとり残らず飛ばされていった。たくさんのスカーフ、たくさんの翼をはばたかせる哺乳類、たくさんの枯れ葉、たくさんの駈ける狼、たくさんの哀れっぽい鳴き声と群がりあったもの、たくさんの真夜中と夜明けと眠りとめざめが。

母さんがドアを閉じた。

父さんが地下室へおりていった。

ティモシーは紗の散らばった広間を横切った。首をうなだれたまま、パーティの鏡の前を通りかかると、その顔に青白く死の影がさしていた。彼はぶるっと身ぶるいした。

「ティモシー」と母さんがいった。

彼女はティモシーの顔に手をあてた。

「坊や」彼女はいった。「わたしたちは、あなたを愛しているわ。みんなあなたを愛しているわ。あなたがどれほどちがっていようと、あなたがいつかわたしたちのもとを去るにしても」彼の頰にキスをして、「もしあなたが死んだら、あなたの骨には指一本さわらせない、きっとそうしてあげる。あなたはいつまでも安らかな眠りにつくの。万聖節がくるたびに、わたしが会いにきて、あなたをもっと安らがせてあげるわ」

みがきあげられたふたがきしみ、バタンと閉じる音が広間にひびきわたった。

屋敷は静まりかえった。遠くのほうで、風が丘を越えていった。最後の小さな黒っぽい影たちを乗せ、こだまを返したり、さえずったりしながら。

ティモシーは声をたてず泣きながら、一段また一段と階段を登っていった。

第十章　十月の西

四人のいとこ――ピーター、ウィリアム、フィリップ、それにジャック――は、集会のあとも居残った。なぜなら、破滅と憂鬱(ゆううつ)と不信の暗雲がヨーロッパに垂れこめていたからだ。暗い屋敷に空き部屋がなかったので、四人は納屋(なや)にぎゅうぎゅうづめに押しこめられたが、その納屋がそのあとまもなく火事にあった。

一族の者の例にもれず、彼らはふつうではなかった。たいていの者が昼間は眠り、夜中は風変わりな職業についているといっても、なにも語ったことにならない。心を読める者もいれば、稲妻とともに空を飛び、木の葉とともに舞いおりる者もいると述べても、なんの足しにもならない。鏡に映らない者がいるいっぽう、そのおなじ鏡にありとあらゆる形、大きさ、肌のきめで映る者がいるとつけ加えても、噂話を焼きなおすだけで、真実に呑みこまれてしまう。

この四人の少年たちは、毒キノコやキノコのようにわんさといるおじ、おば、いとこ、祖父母に似ていた。

彼らは寝苦しい夜にまぜあわされる、ありとあらゆる色彩にほかならなかった。若い者もいれば、スフィンクスが砂の潮に石の前足をはじめて沈めたころに生まれた者もいる。

そして四人とも恋をしており、一族のある特別な一員に首ったけだった。セシーに。

セシー。彼女が理由、ほんとうの理由、正真正銘の理由だった。彼女がいるから、むこうみずないとこたちが彼女をとり巻き、いすわってしまうのだ。というのも、彼女はザクロみたいに種のつまった莢(さや)だから。彼女は世界じゅうのあらゆる生きもののあらゆる感覚だった。あらゆる映画館と劇場であり、あらゆる時代のあらゆる画廊だった。

頼んでごらん、あなたの魂をズキズキする虫歯のように引っこぬき、雲のなかへ放りこんで、心を冷(さ)ましてくれと。するとあなたは引っこぬかれ、高いところまで引っぱりあげられ、霧のなかをただよっている。

頼んでごらん、そのおなじ魂をむんずとつかみ、木の体に封じこめてくれと。すると翌朝めざめると、あなたの緑の頭のなかで鳥が歌っている。

澄んだ雨になりたいと頼めば、あなたはあらゆるものに降りかかる。月になりたいと頼めば、ふと気がつくと下界を見おろしていて、色を失った町が、あなたの青白い光で墓石と妖気をただよわせた亡霊の色に染めあげられるのをながめている。

セシー。彼女はあなたの魂をぬきだし、ぎっしりつまった知恵を引っこぬき、動物や植物や鉱物に移せるのだ。お好みしだいで。

いとこたちが居残ったのも無理はない。

そして陽が沈むころ、あの恐ろしい火事の起きる前に、四人は屋根裏へ登って、エジプトの砂でできた彼女のベッドを自分たちの息で揺らした。

「さて」目を閉じたままセシーがいった。口もとに微笑をただよわせている。「どうやって楽しみたい？」

「おれは――」とピーター。

「ひょっとしたら――」とウィリアムとフィリップ。

「よかったら――」とジャック。

「地元の精神病院を訪問して」とセシーが提案した。「ねじ曲がった頭のなかをのぞかせてあげましょうか」

「それがいい！」

「決まり！」とセシー。「納屋へもどって、ベッドに寝てちょうだい。いいわ、よし、それじゃ――出発！」

コルク栓のように、彼らの魂はポンとぬけた。鳥のように、彼らは飛んだ。ピカピカの針のように、精神病院のさまざまな耳に飛びこんだ。

「うわあ！」彼らは喜びの叫びをあげた。

その留守中に、納屋が焼けてしまった。

叫び声と混乱のなかで、水を求めて走る者、すさまじいヒステリーを起こす者が交錯し、だれもが納屋のなかにいる者のことや、高く舞いあがったいとこたちとセシーが、眠りながらしていることを忘れてしまった。セシーは忙しい夢に深くはまりこんでいたので、炎も感じなければ、壁が倒れ、四本の人型の松明が燃えつきた恐ろしい瞬間も感じなかった。雷鳴があたり一帯にとどろきわたり、空を揺さぶると、吹きとばされたいとこたちの精髄をたたいて、製粉所の風車をくぐらせた。いっぽうセシーは、ひと声あえぐと、上体をまっすぐに起こし、金切り声をあげた。それを合図にいとこたちが急いで帰ってきた。大揺れの瞬間、四人とも精神病院のさまざまな病室にいて、頭蓋骨のはね上げ戸をこじあけ、紙吹雪の渦巻きのなかに狂気の色や、悪夢の暗い虹色をのぞいていたのだ。

「どうしたんだ？」とジャックがセシーの口から叫んだ。

「なにがあった！」とフィリップが彼女の唇を動かした。

「なんてこった！」とウィリアムが彼女の目からながめた。

「納屋が焼けたんだ」とピーター。「おれたちの体がなくなった！」

煙の残る庭で煤だらけの顔をした一族が、旅まわりのミンストレル・ショー（白人が黒人に扮して行う寄席演芸）の葬列のようにふりかえり、茫然とセシーを見あげた。

「セシー？」母さんがうわずった声で呼びかけた。「だれかといっしょなの？」

「おれだよ、ピーターだ！」とピーターが彼女の唇を借りて叫んだ。

「フィリップ！」

「ウィリアム！」

「ジャック！」

魂たちがセシーの舌を借りて点呼をとった。

一族は固唾を呑んだ。

やがて、四人の若者の声がいっせいに、きわめつけの恐ろしい質問を発した――

「ただのひとつも体を救わなかったのか？」

一族は地面に一インチも沈みこんだ。返せない答えの重みがのしかかってきたのだ。

「でも――」

セシーは肘で体をささえ、自分の顎、口、眉毛にさわった。その内側では四人の生きている幽霊が、場所をとりあってとっくみあいを演じていた。

「でも――みんなをいったいどうすればいいの？」彼女の目が、下の庭にならぶ顔をさぐった。「いとこにいすわられたら困るわ！　あたしの頭のなかに突っ立ってられたら困るのよ！」

そのあと彼女が叫んだこと、いとこたちがいいたてたことは、彼女の舌の裏で砂利のようにつまり、そのいっぽうで、火傷したニワトリのように庭を走りまわる一族がいったことは、消えてしまった。

審判の日の雷鳴を思わせる音をたてて、納屋の残りの部分が焼け落ちた。

ヒューヒューとうなりながら、十月の風が灰を吹きちらした。風は屋根裏部屋の上の屋根であちらこちらへ寄り道した。

「そうらしいな」と父さんがいった。

「らしいじゃなくて、そうなのよ！」と目を閉じたままセシー。

「いとこたちをどこかへあずけないといかん。仮の宿を見つけて、新しい体を探し集められるまで――」

「善は急げだ」四つの声がセシーの口からいった。高いかと思えば低くなり、こんどはそのあいだの二音程だ。

父さんが暗闇のなかで先をつづけた。

「一族のなかにだれかいるはずだ、大脳の裏側に小さな空き部屋のある者が！　志願者はいないか！」

一族は氷のような息を吸いこみ、無言のままだった。ひいおばあちゃんが、はるか頭上にある彼女自身の屋根裏で、不意にささやいたのだ。

「ひとつ頼まれておくれ、わたしは年寄りのなかの年寄りがいいと思うよ！」

まるで一本の糸で頭が結ばれているかのように、全員がいっせいにふりかえり、遠いほうの隅を見て目をぱちくりさせた。そこには年老いた〈ナイル川のおじいちゃん〉が、紀元前二千年の小麦のひからびた束のように寄りかかっていた。

ナイルのご先祖さまが目をむいた。

「断る！」

「断れないよ！」おばあちゃんは砂まみれになった切れ長の目を閉じ、墓室のように絵の描かれた乳房の前でもろい腕を組んだ。「あんたにはいくらでも時間があるじゃないか」

「やっぱり断る！」霊安室の小麦が耳ざわりな声でいった。

「これは」とおばあちゃんはつぶやいた。「一族なんだよ、みんな風変わりですばらしいんだ。夜に歩き、風に乗って空を飛び、嵐をわたり歩き、心を読み、魔法を働かせ、永遠か、そうでなければ千年を生きるんだ、どっちになるにしても。要するに、わたしらは一族だから、頼りにしあい、助けあい――」

「だめだ、断る！」

「お黙り」インドの星（世界的に有名なサファイア）くらい大きな片方の目が開き、ぱっと燃えあがって、暗くなり、光が消えた。「冗談じゃないよ、四人の荒くれがほっそりした娘の頭のなかにいるなんて。それにあんたには、いとこたちに教えられることが山ほどあるはずだ。ナポレオンがロシアを土足で踏みにじって、ほうほうの体で逃げだしたり、ベン・フランクリンが梅毒で死んだりする前から生きてるんだから。この子たちの魂をしばらくあんたの耳のなかに住まわせたら、いいんじゃないかね。この子たちの性根をたたきなおせるかもしれない。これでもいやだというつもりかい？」

白ナイルと青ナイルからきた遠いご先祖さまは、収穫を祝う花冠をたたくようなかすかな音をたてただけだった。

「これで話はついた」とファラオの娘のはかない思い出がいった。「夜の子供たち、いまのを聞いたかい⁉」

「聞こえたとも！」と幽霊たちがセシーの口を借りて叫んだ。

「引っ越しな！」と四千歳のミイラ。

「引っ越すとも！」と四人。

ところが、いとこのうちでだれが最初に移るかという申しあわせがなかったので、幻たちが殺到し、目に見えない風に乗って嵐が押しよせた。

四つの異なる表情が、おじいちゃんのひからびた小麦のような顔を輝かせた。四つの地震が、もろい骨格を揺さぶった。四つの笑顔が、黄色いピアノの鍵盤のような歯にそってすべった。抗議する暇もなく、四つの異なる足どりと速さで、おじいちゃんは屋敷からよろめき出て、芝生をつっきり、廃線になった鉄道線路づたいに町へむかった。穀類の喉(のど)で雑多な笑い声をあげながら。

一族はポーチから身を乗りだし、突進するひとりパレードを見送った。

また深い眠りについていたセシーは、口をあんぐりとあけて、雑多な笑い声をひびきわたらせた。

あくる日の正午、大きな青黒い蒸気機関車がゼイゼイいいながら駅にすべりこむと、一族がプラットフォームでそわそわしており、古い収穫のファラオがそのまんなかにささえられて立っていた。彼らは歩くというよりは、おじいちゃんをかかえて、真新しいワニスと熱いフラシ天のにおいのする普通客車まで運んでいった。その途中、ナイルの旅人は、目をつむったまま いろいろな声で悪態をついていたが、耳を貸す者はいなかった。

彼らはおじいちゃんを古いトウモロコシの立て積みのように座席に立てかけると、古い建物に新しい屋根をふくように、帽子を頭にしっかりとかぶせ、そのしわだらけの顔に話しかけた。

「おじいちゃん、しゃんとすわって。おじいちゃん、そこにいるんでしょう？　どいてくれ、いとこたち、年寄りに話をさせてくれ」

「ここにおる」ひからびた口がひきつり、ヒューッと音をたてた。「この連中の罪と悪事に苦しんでおるわ！　ああ、まったく、ちくしょうめ！」

「ちがう！」「嘘っぱちだ！」「なにもしてないぞ！」と口の片端から声が怒鳴った。と思うと、反対端から、「やめてくれ！」

「黙れ！」父さんが年老いた顎をつかみ、ガタガタ揺すって内側の骨をしっかりさせた。

「十月の西は、ミズーリ州ソウジャーン（一時逗留という意味）にあります。長旅じゃありません。そこにも親類がいます。おじ、おば、子供がいる者、いない者。セシーの心は数マイルしか飛べませんから、あなたにこの騒々しい連中を遠くまで送りとどけてもらい、一族の体と心に押しこんでもらわないといけないんです」

「でも、このばかどもを荷おろしできなかったら」と父さんはいいそえた。「生きたまま連れ帰ってください」

「あばよ！」と古代のトウモロコシの束から四つの声がいった。

「さよなら、おじいちゃん、ピーター、ウィリアム、フィリップ、ジャック！」

「あたしを忘れないで！」と若い女の声が叫んだ。

「セシー」みんなが大声でいった。「さよなら！」

列車はガタゴトと走り去った。十月の西へむかって。

列車は長いカーヴにさしかかった。ナイルのご先祖さまの体がかしぎ、きしみをあげる。

「さて」ピーターがささやき声でいった。「こういうしだいだ」

「ああ」ウィリアムが先をつづけた。「こういうしだいだ」

列車がピーッと汽笛を鳴らした。

「疲れたな」とジャック。

「おまえが疲れただと！」ご老体が息巻いた。

「ここは風通しが悪い」とピーター。

「それはわかってたことだろう！　ご老体は四千歳なんだ、そうだろ、じいさん？　あんたの頭蓋骨はお墓だよ」

「うるさい！」おじいちゃんは自分の眉間（みけん）に拳骨（げんこつ）をくれた。パニックを起こした鳥たちが頭のなかをたたいた。「やめなさい！」

「ほらほら」セシーが小声でいい、パニックを静めた。「あー、よく寝た。あたしが旅に加わることにしたのは、おじいちゃん、あなたの檻（おり）に住んでいるカラスやハゲタカをどうやっておとなしくさせたり、飼ったりすればいいかを教えるためなのよ」

「カラスだって！　ハゲタカだって！」いとこたちは文句をいった。

「黙って」セシーは、古い汚れきったパイプに煙草をつめるようにいとこたちを突き固めた。はるかかなたで、彼女の体はエジプトの砂の上に横たわっていたが、心はぐるぐるまわり、触れ、押し、うっとりさせ、つかんだものをはなさなかった。「楽しみなさいよ！　見てごらん！」

　いとこたちは見た。

　なるほど、古代墳墓の上楼をさまようのは、薄暗い石棺のなかで生きのびるのに似ていた。そのなかでは、透明な翼をたたんだ思い出たちが、リボンのかかった紙束となって、ファイルや、包みや、屍衣（しい）にくるまれた人影や、まき散らされた影となって積みあげられているのだ。あちらこちらでは、とりわけ輝かしい思い出が、琥珀（こはく）色の光線のようにさしこみ、黄金の時間を、夏の日を形作っている。すり切れたなめし革と焼けた馬の毛のにおいがする。うっすらと尿酸のにおいを発しているのは、黄疸（おうだん）にかかった石で、四人が半分しか見えない肘でこづきあうなか、その石が四人のまわりでうずいた。

「見ろよ」いとこたちがつぶやいた。「いやはや！　こりゃあすごいや！」

　しばらく、すっかり黙りこんだ彼らは、老いた目というほこりだらけの窓ガラスごしに目をこらし、自分たちの乗る地獄の業火（ごうか）を吐く大きな列車をながめていた。緑から茶色に変わる秋景色が流れすぎる、蜘蛛の巣だらけの屋敷の前を通りすぎるように。ご老体の口をあやつると、錆びた鐘のなかで鉛の舌を鳴らしているようだった。世界の発する音が、老人のうつろな耳に迷いこんでくる。チューニングのあっていないラジオの空電のようだ。

「それでも」とピーターがいった。「体がまるっきりないよりはましさ」

列車は轟音をあげて鉄橋をわたった。

「ひととおり見てこようか」とピーター。

ご老体は手足がぴくりと動くのを感じた。

「こら！　おとなしくしておれ！　立つんじゃない！」

老人は目をぎゅっとつむった。

「目をあけて！　見せてくれよ！」

眼球がぎょろりとまわった。

「かわいい娘のおでましだ。早く！」

「世界一のべっぴんだ！」

ミイラはしかたなく片目をあけた。

「ほら！」全員が声をそろえた。「嘘じゃないだろ！」

若い女は右に左によろけていた。列車が揺れるたびに体がかしぐのだ。カーニヴァルで牛乳瓶を倒すともらえる賞品顔負けにかわいらしい。

「だめだ！」老人はまぶたをきつく閉めた。

「ぱっちりあけろよ！」

眼球がぐるぐるまわった。

「かまうな！」おじいちゃんは叫んだ。「やめてくれ！」

まるでみんなに倒れかかるかのように、若い女がよろめいた。

「やめろ！」齢に齢を重ねた者が叫んだ。「セシーがいるんだ、おぼこ娘の」

「おぼこ娘だって！」頭の内側の屋根裏がけたたましい音をたてた。

「おじいちゃん」セシーが小声でいった。「あれだけ夜歩きして、あれだけ旅してきたんだから、あたしは――」

「おぼこ娘じゃない！」四人のいとこが大声でいった。

「おい！」おじいちゃんが息巻いた。

「いいのよ」セシーが声をひそめる。「あたしは千の夜にベッドルームの窓をぬって歩いてきたの。ひんやりした雪だまりみたいな白い枕に寝そべったり、八月の真昼にすっぽだかで川で泳いで、川床に寝ころがって鳥に見せびらかしたりしたことも――」

「聞く耳もたんぞ！」

「聞いてちょうだい」セシーの声は思い出の牧草地をさまよった。「女の子の夏の顔に乗り移って若い男を見つめたこともあるし、そのおなじ瞬間に、おなじ男のなかにいて、その永遠の夏娘に火のような息を吐きかけたこともあるわ。交尾するネズミや、求愛するラヴバード（つがいの仲のいいボタンインコのこと。転じて恋人同士の意味で使われる）や、心のはり裂けた鳩に宿ったこともあるし、花の上でくっつきあった蝶のなかに隠れたこともあるわ」

「もういい！」

「十二月の真夜中には橇に乗って走ったものよ。雪が降っていて、ピンクに染まった馬の鼻の穴から湯気が立ちのぼっていて、毛皮の毛布が高く積みあがっていて、毛布にくるまった六人の若者がぬくぬくとして、まさぐり、わくわくして、さぐりあて——」

「やめろ！」

「ブラヴォー！」といとこたちがはやしたてた。

「——それに骨と肉の立派な建物に宿ったこともあるわ——世界一の美女に……」

おじいちゃんは唖然とした。

というのも、いま雪が降ってきて、ことばを失ったかのようだったからだ。彼は眉のあたりに花々がうごめくのを、耳のあたりに七月の朝風がそよぐのを、手足の隅々にぬくもりが芽生えるのを、年老いた平たい胸のあたりに乳房がふくらむのを、みぞおちで火がぱっと広がるのを感じた。いま、セシーのことばがつづくなか、彼の唇がやわらかくなり、色づいて、詩心を知り、詩を鉄砲水のようにほとばしらせそうだった。いっぽう、やつれて墓場の塵をまといつかせた指は膝の上でころがり、クリームとミルクと溶けたアップル・スノーに変わった。彼は凍りついたように指を見おろし、こぶしを握りしめた。

「よせ！　わしの手を返せ！　わしの口を洗い清めろ！」

「それぐらいにしとけよ」と内なる声。フィリップだ。

「時間を無駄にしてるぞ」とピーター。

「若いご婦人にあいさつしようぜ」とジャック。

「よしきた！」とたったひとつの喉からモルモン礼拝堂合唱団がいった。おじいちゃんは、目に見えない糸に引っぱられて、ひょいと立ちあがった。

「勝手なことをするな！」彼は怒鳴り、目を、頭蓋骨を、肋骨を縛りあげた。信じられないほど風変わりなベッドが沈みこんで、いとこたちを窒息させた。「いいか！　やめるんじゃ！」

いとこたちは暗闇のなかではねまわった。

「助けてくれ！　明かりだ！　セシー！」

「ここよ」とセシー。

老人は耳の裏や背骨がぴくぴく、むずむずするのを感じた。肺には羽毛がつまり、鼻は煤のくしゃみをした。

「ウィル、左脚よ、動かして！　ピーター、右足よ、進ませて！　フィリップ、右腕。ジャック、左腕。ふって！」

「急ぐとするか。走れ！」

おじいちゃんは飛びだした。

しかし、きれいな娘のほうへ飛びだしたわけではない。体を泳がせ、前のめりになりながら逆に遠ざかっていったのだ。

「待ってくれよ！」ギリシアの合唱団が叫んだ。「あの子はあっちだぞ！　だれかじいさんをつまずかせろ。脚の受けもちはだれだ？　ウィルか？　ピーターか？」

おじいちゃんは連廊（客車の前後にある出入り用の小室）につづくドアをあけはなち、吹きさらしのデッキに飛びだすと、すごい速さで流れていくヒマワリ畑に身を投げそうになった。そのとき――

「彫像になれ！」と口につめこまれた合唱団がいった。

すると、みるみる小さくなっていく列車の最後尾で彫像になった。

くるりとまわれ右したおじいちゃんは、気がつくと車内にもどっていた。列車がカーヴに突入した拍子に、彼は若いご婦人の手の上に尻もちをついた。

「これは失礼！」おじいちゃんははね起きた。

「お気になさらず」彼女は手を置きなおした。

「申しわけない、まったく！」齢に齢を重ねた生きものは、彼女のむかいの席にへたりこんだ。「こら！　コウモリども、鐘楼にもどれ！　いまいましい！」

いとこたちは、彼の耳をふさいでいた蜜蠟を溶かした。

「忘れるでない」老人は歯の隙間から声をもらし、「おまえたちがそこで若いふるまいをしていても、このタットめは墓から出てきたばかりなのを」

「だけど――」室内四重奏楽団がまぶたをこすって鳴らした。「おれたちが若くしてやるよ！」

四人は老人の腹のなかで導火線に火をつけた。胸のなかで爆弾に点火した。

「よせ！」

おじいちゃんは紐を引っぱった。落とし戸がぱっと開いた。いとこたちが落ちた先は、思い出が燃えあがっている果てしない迷路だった――三次元の形をとった思い出は、通路をはさんでむかいの席にすわる少女に負けず劣らず豊かで、ぬくもりがある。いとこたちは落下した。

「気をつけろ！」

「迷っちまった！」

「ピーター？」

「ウィスコンシン州のどこかにいるみたいだ。どうやってここまできたんだろう？」

「おれはハドソン川で船に乗ってる。ウィリアムは？」

　はるかかなたで、ウィリアムが声をはりあげた。

「ロンドンだ。なんてこった！　新聞の日付が、一八〇〇年八月二十二日になってるぞ！」

「セシー⁉　きみの仕業か！」

「いや、わしの仕業だ！」おじいちゃんがいたるところ、四方八方で叫んだ。「おまえたちはまだわしの耳と耳のあいだにおるんだ、いまいましい。でも、わしの古い時間と場所を生きておるんだ。頭に気をつけろ！」

「ちょっと待ってくれ！」とウィリアム。「こいつはグランド・キャニオンなのかい、それともあんたの延髄なのかい？」

「グランド・キャニオンだ。一九二一年の」

「女だ！」ピーターが声を叫んだ。「目の前にいる」

　なるほど、この女性は春のように美しかった。二百年前のことだ。おじいちゃんの頭には名前が浮かんでこなかった。ある夏の昼下がりに野イチゴをかかえて通りかかっただれかなのだ。

　ピーターは目がさめるほど美しい幽霊に手をのばした。

「寄るな！」おじいちゃんが怒鳴った。

すると夏の熱気のなかで少女の顔が爆発し、道の果てへ消えていった。

「はじけちまった！」ピーターが叫んだ。

彼の兄弟たちは暴れまわり、ドアを壊したり、窓をこじあけたりしていた。

「すごい！　見ろよ！」彼らが叫んだ。

というのも、おじいちゃんの思い出が、オイル・サーディンのように整然とならんでいたからだ。百万の奥行き、百万の幅で、秒、分、時間刻みにしまいこまれている。ここでは黒髪の娘が髪をとかしている。あそこでは金髪の娘が走っている、さもなければ眠っている。すべてを閉じこめた蜂（はち）の巣構造は、夏の頬の色をしている。娘たちの笑顔がひらめく。彼女らを引っこぬき、ぐるっとまわして、むこうへやり、呼びもどすこともできる。「イタリア、一七九七年」と叫べば、彼女らは温かいパヴィリオンのなかを踊りまわるか、蛍火（ほたるび）の輝く波間を泳ぎだす。

「じいさん、ばあさんはこの女たちのことを知ってるのかい？」

「もっといるぞ！」

「何千人も！」

おじいちゃんはひとつながりの記憶をたぐった。

「ほら！」

千人の女が迷宮をさまよった。

「ブラヴォー、じいさん！」

右耳から左耳へ、四人が都市を、横町を、部屋をくまなく探しまわるのがわかった。

やがてジャックが、ひとりぼっちの愛らしいご婦人の腕をつかんだ。

「つかまえた！」

彼女がふりむいた。

愛らしい女の肉が焼けおちた。顎がとがり、頬がへこみ、目が落ちくぼんだ。

「ばかたれ！」とささやき声でいう。

「ばあさん、あんたなのか！」

「四千年前のね」と彼女はつぶやいた。

「セシー！」おじいちゃんがいきりたった。「ジャックを犬に押しこんでくれ、木に押しこんでくれ！　わしのいかれた頭以外ならどこだっていいぞ！」

「出なさい、ジャック！」セシーが命じた。

するとジャックはいなくなった。

駒鳥（こまどり）のなかに移され、通りすぎる電柱に置き去りにされたのだ。

おばあちゃんは暗闇のなかでしなびていた。おじいちゃんの内側にむけられたまなざしが彼女に触れ、若い肉体をふたたびまとわせた。その目に、頬に、髪に新しい色が行きわたった。おじいちゃんは、時が新しかったころのアレクサンドリアにある果樹園に彼女を大切にしまいこんだ。

おじいちゃんは目をあけた。

陽射しが、残っていたいとこたちの目をくらませた。

娘はまだ通路をはさんだむかいの席にすわっていた。

いとこたちは、老人のまなざしの陰で跳びあがった。

「まぬけだ！」彼らはいった。「むかしにこだわるなんて！　いまがあるじゃないか！」

「そうよ」セシーが小声でいった。「大事なのはいまよ！　おじいちゃんの心をこの女(ひと)の体に押しこんで、この女の夢をおじいちゃんの頭のなかへ隠してやるわ。おじいちゃんは棒みたいにまっすぐすわってるでしょう。そのなかで、あたしたちは軽業師になって、体操選手になって、ひどいことをするのよ！　車掌はなにも気づかずにす通りするわ。おじいちゃんの頭は下品な笑い声や、すっぱだかの暴徒でいっぱいなのに、ほんとうの心は、あのきれいな娘の眉間に閉じこめられてるのよ。暑い昼下がりに汽車に乗ってるのも捨てたもんじゃないわ！」

「そのとおり！」みんなが叫んだ。

「だめだ」おじいちゃんは、ふた粒の白い錠剤をとりだすと、呑みこんだ。

「やめさせろ！」

「ちえっ！」とセシー。「とびっきりの悪だくみだったのに」

「お休み、ぐっすり眠るんだな」とおじいちゃん。「それから、あなた――」彼は通路のむかいの席にいる娘に眠たげでやさしそうな目をむけた。「あなたはいま恐ろしい運命をまぬがれたんですぞ、お嬢さん、男のいとこ四人が死ぬよりも悪い運命を」

「なんとおっしゃいました？」

「無垢(むく)よ、無垢のままであれ」おじいちゃんはつぶやき、眠りに落ちた。

列車はミズーリ州ソウジャーンに六時に到着した。そのときになって、ようやくジャックも許されて、追放先である遠い木に止まった駒鳥の頭のなかからもどってきた。気の荒いいとこたちを引きとろうという親類は、ソウジャーンにはただのひとりもいなかったので、おじいちゃんは汽車に乗り、イリノイに帰った。いとこたちは、桃の種のように、おじいちゃんのなかで熟れていた。

そのまま彼らはいすわった。陽射しか月明かりを浴びているおじいちゃんの屋根裏のべつべつの領域に、それぞれがおさまったのだ。

ピーターは一八四〇年のウィーンの思い出に居を定めた。いっしょにいるのは、頭のおかしな女優だった。ウィリアムはイギリスの湖水地方に住んだ。いっしょにいるのは、年齢不詳の亜麻色の髪をしたスウェーデン女だった。いっぽうジャックは、色街から色街へ――サンフランシスコ、ベルリン、パリ――とわたり歩き、ときおり、おじいちゃんの目のなかに邪(よこしま)な光となってあらわれた。そして賢明なフィリップは、図書館の個室に引きこもって、おじいちゃんの愛する本をかたっぱしから読みふけった。

けれども、夜中におじいちゃんが屋根裏のおばあちゃんのほうへにじり寄っていくことがある。四千歳ではなく、十四歳のおばあちゃんのほうへ。

「あんた！　その年で！」おばあちゃんは金切り声をあげる。

そして腕をふりまわしておじいちゃんをひっぱたく。そのうち五つの声で笑いながら、おじいちゃんはあきらめ、引きさがり、眠ったふりをする。五種類の心で隙をうかがい、つぎの機会にそなえながら。

たぶん四千年のうちには、つぎの機会があるだろう。

第十一章　多くの帰還

信じられないことに、上昇には下降がつきものだ。

世界じゅうをおおった暗闇の雪嵐（ブリザード）のなかで、逆風が吹き荒れた。そして飛びだしていったものが水平線のへりでためらい、やがてアメリカ大陸に舞いもどってきた。

北イリノイじゅうで嵐雲がつのり、雨を降らせはじめた。そして魂を降らせ、旅立ったはずの翼を降らせ、旅をあきらめるはめになった人々から涙を降らせた。彼らは集会場へ帰還し、喜ぶかわりに悲しみに暮れた。

ヨーロッパの空とアメリカの空じゅうで、楽しい機会だったものが、いまやメランコリーの種となっていた。迫害と偏見と不信の暗雲に追いかえされてきたのだ。集会に出た者たちは、屋敷の敷居に引きかえし、窓に、屋根裏部屋に、地下室にすべりこむと、ひっそりと身を隠した。驚いた一族の者たちは、どうしてもどってきたのだろうと首をひねった。二度めの集会だろうか？　世界の終わりが近づいているのだろうか？　そう、そのとおりだった、とにかく彼らの世界は。この魂の雨、行き場を失った人々の嵐は、屋根の上に群がり、ワイン樽のあいだで地下室にあふれ、なんらかの啓示を待ちうけた。やがて啓示が訪れ、一族の者たちは会議を開き、世界から隠れるしかなくなった人々をひとりずつ受けいれることを決めた。

こうした風変わりな迷える魂の一番手は、ヨーロッパを北上する列車に乗っていた。霧にけぶり、恵みの雨の降る北をめざして……。

第十二章　オリエント急行は北へ

老婦人が不気味な乗客に気づいたのは、ヴェネツィア発パリ経由カレー行きのオリエント急行の車内だった。

その旅人が、なにか恐ろしい病気で死にかけているのは一目瞭然だった。

男のコンパートメントは、三つうしろの車両の二十二番で、食事はとどけさせていた。

夕暮れどきになるとやっと起きだしてきて、食堂車に腰をすえ、ランプに似せた電灯と、クリスタルの触れあう音と、女たちの笑い声に囲まれるのだった。

男は今夜もやってきた。痛々しいほどのろのろと動き、年のいったこの女性とは通路をはさんでむかいの席にすわった。老婦人の胸は要塞（ようさい）のようで、眉はおだやかな弧を描き、目には時とともに角がとれたやさしさがあふれていた。

彼女のかたわらには黒い医療鞄があり、男っぽい衿（えり）のポケットには体温計がさしこまれていた。

不気味な男の青白さを見て、思わず左手が衿にそって這いあがり、体温計に触れた。

「あらまあ」ミス・ミネルヴァ・ハリデイは小声でいった。給仕長が通りかかるところだった。彼女は給仕長の肘に触れると、通路のむかい側にうなずいて見せ、

「あのう、あのかわいそうなかたはどちらへ行かれるの？」

「カレー経由ロンドンです、マダム。神の思しめしがあればですが」

そういうと給仕長はそそくさと立ち去った。

ミネルヴァ・ハリデイは、すっかり食欲をなくし、その雪でできた骸骨にじっと目をこらした。

男とその前に置かれた刃物類がひとつのものに思えた。ナイフ、フォーク、スプーンが銀の冷たい音をたてている。男はうっとりと耳をすましていた、まるで内なる魂の声に聞きいるかのように。いっぽう刃物は這いずり、触れあい、涼しい音色で鳴った。べつの天球から流れてくる鈴の音だ。男の手は、孤独なペットのように膝に置かれており、列車が長いカーヴにさしかかると、放心状態にある男の体が右へ左へと揺れ、ひっくりかえりそうになった。

その瞬間、列車はひとまわり大きなカーヴにはいり、銀食器がカチャカチャと鳴った。遠くのテーブルについていた女が、笑いながら、こう叫んだ——

「そんなの信じられない！」

それに応えて男がもっと大きな笑い声をあげた——

「ぼくだってそうさ！」

この偶然が重なったとたん、不気味な乗客のなかで、恐ろしい溶融が起きた。懐疑の笑い声が、彼の耳をつらぬいたのだ。

男は目に見えてちぢんだ。目はくぼみ、口からは冷たい蒸気がもれるのが見えるような気がした。

愕然としたミス・ミネルヴァ・ハリデイは、思わず身を乗りだすと、片手をさしだした。自分がこうささやくのが聞こえた。

「わたしは信じますよ！」

効果はてきめんだった。

不気味な乗客がしゃんと上体を起こした。白い頬に赤みがもどった。目はよみがえった火で輝いた。首をぐるっとまわし、男は通路ごしに、癒(いや)しのことばをささやいたこの奇跡の女性をじっと見つめた。

大きな温かい胸をした老看護師は、顔から火が出そうな思いで立ちあがると、小走りに去った。

五分とたたないうちに、給仕長が通路を足早に進む音が、ミス・ミネルヴァ・ハリデイの耳にとどいた。ドアをつぎつぎとノックし、小声でなにかいっている。彼女のドア

を通りかかると、給仕長は彼女にちらっと目をやり、

「ひょっとして、お客さまは——」

「いいえ」彼女はその先の察しをつけた。「医者ではありません。でも、正看護師です。食堂車にいらしたあのお年寄りですか?」

「そう、そうなんです! お願いします、マダム、こちらです!」

不気味な男は自分のコンパートメントへ運びこまれていた。

そのコンパートメントに着くと、ミス・ミネルヴァ・ハリデイはなかをのぞいた。

異様な男が身を横たえていた。目は力なく閉じられ、口は出血のない傷であり、生気といったら、列車が揺れるたびに頭がぐらぐらすることだけ。

たいへんだわ、と彼女は思った。この人は死んでる!

声にだしてはこういった。

「なにかあったら呼びますから」

給仕長は立ち去った。

ミス・ミネルヴァ・ハリデイはすべり戸をそっと閉めると、ふりかえって、死人のようすをうかがった——というのも、どう見ても死んでいるからだ。それでも……。

しかし、とうとう思いきって手をのばし、大量の氷水の流れている手首にさわってみた。あわててその手を引きもどす、まるで指がドライ・アイスで火傷(やけど)したかのように。

それから前かがみになって、蒼白の男の顔にささやきかけた。

「よく聞いてください。いいわね？」

返事のかわりに、冷えきった心臓がいちどだけドキンと打つのが聞こえたような気がした。

彼女は先をつづけた。

「どうしてわかったのか見当もつきません。でも、あなたの正体を知っているんです。それにあなたの病気のことも――」

列車がカーヴを曲がった。男の首は、まるで折れているかのようにごろんとなった。

「あなたの命を奪おうとしているものを教えてあげます！」彼女は小声でいった。「あなたは病気なんです――人々という名の！」

まるで心臓を撃ちぬかれたかのように、男が目をかっと見開いた。彼女はいった。

「この列車に乗っている人たちが、あなたの命を奪おうとしているんです。あなたの苦しみは、あの人たちのせいなんです」

息づかいに似たものが、閉じた傷を思わせる男の口の裏でふるえた。

「そお……だぁぁ」

ミス・ミネルヴァ・ハリデイは男の手首を強く握り、脈をさぐった。

「あなたは中部ヨーロッパのどこかの国のお生まれでしょう？　夜が長くて、風が吹くと、人々が聞き耳を立てるようなどこかなんでしょう？　でも、いまではものごとが変わってしまい、あなたは旅に出て逃げようとなさった。けれども……」

ちょうどそのとき、ワインをしこたま食らった若い旅行者の一団が、高笑いをひびかせながら、外の通路をにぎやかに通りかかった。

不気味な乗客はしぼむように小さくなった。

「いったい……どうして……」彼は虫の息でいった。「……それが……わかったぁぁ？」

「わたしは特別な思い出をもった特別な看護師なんです。見たんです、会ったんです、あなたみたいな人に、六歳のとき――」

「見たとは？」蒼白の男が息を吐いた。

「アイルランドで、キレシャンドラの近くで。おじの家は築百年がたっていて、雨と霧でいっぱいでした。夜更けに屋根の上を歩く音がして、ホールに嵐が吹きこんだかのような音がしたかと思うと、あの影がとうとうわたしの部屋にはいってきたんです。それがわたしのベッドにすわると、その体から冷気が伝わってきて、わたしまで冷たくなりました。おぼえていますし、夢でなかったのもわかっています。だって、ベッドまできて腰をおろし、ささやいたあの影は……そっくりだったんですもの……あなたに」

目を閉じ、極北の魂の深みから、老いた病人はうめき声を返した。

「では、このわたしは……何者で……どういう者なんだね？」

「あなたは病気ではありません。死にかけているわけでもありません……あなたは――」

オリエント急行の汽笛がむせび泣き、余韻が残った。

「――幽霊」と彼女。

「そうともぉぉ！」男は叫んだ。

それは必要とされ、認められ、力づけられた者の途方もなく大きな叫びだった。男はいまにも直立しそうだった。

「そうだとも！」

その瞬間、戸口に若い司祭がやってきた。儀式に臨んではりきっているのだ。目を輝かせ、唇を濡らし、片手に十字架を握った司祭は、不気味な乗客のやつれ果てた姿を見つめ、声をかけた。

「よろしいでしょうか――？」

「終油の儀式か？」年老いた乗客は、銀箱のふたをあけるように、片目をあけた。「あんたの手で？　断る」視線を看護師に移し、「この人にやってもらう！」

「まさか！」と若い司祭が叫んだ。

司祭はあとずさると、パラシュートの開傘索（リップコード）であるかのように十字架をつかみ、まわれ右して、ばたばたと走り去った。

あとに残された老看護師は、前にもまして風変わりになった患者をしげしげとながめていた。やがてとうとう男がいった。

「どうしたら」男はあえいだ。「わしを看護できるんだね?」

「あらまあ――」彼女は自己卑下の笑い声を小さくあげた。「方法を見つけないといけませんね」

またしても汽笛がむせび泣き、オリエント急行は長々とのびる夜と霧と靄につきあたり、金切り声でそれを切り裂いた。

「カレーへ行かれるんでしょう?」とミス・ミネルヴァ・ハリデイ。

「その先のドーヴァー、ロンドン。ひょっとすればエディンバラ郊外の城まで。そこならきっと無事に――」

「まず無理です――」男は心臓を撃ちぬかれたも同然だった。「いえ、いえ、待って、待って!」彼女は叫んだ。「無理というのは……わたしぬきではの話です! あなたといっしょにカレーまで行きます。海をわたってドーヴァーまで」

「しかし、あんたとはわしは見ず知らずの他人だ!」

「それはそうですけど、子供のころあなたを夢に見ました、アイルランドの霧と雨のなかで、あなたに似た人に会うずっと前に。九つのときには、バスカヴィル家の犬を荒れ野に探したものです」

「なるほど」と不気味な乗客。「あんたはイギリス人だし、イギリス人は信じるんだ！」

「おっしゃるとおり。疑ってかかるアメリカ人よりましです。フランス人？　冷笑家！　イギリス人が一番です。ロンドンの古い屋敷には、たいてい夜明け前に泣き叫ぶ、悲しみに暮れた朦朧（もうろう）とした貴婦人がつきものですから」

その瞬間、コンパートメントのドアが、線路の長いカーヴにあわせて揺れ、ぱっと開いた。毒のある会話、妄想じみたおしゃべり、冒瀆の笑いでしかありえないものが、大挙して通路から流れこんだ。不気味な乗客はしぼんだ。

はじかれたように立ちあがったミス・ミネルヴァ・ハリデイは、ドアをたたき閉めると、ふりかえり、生まれてからずっと寝苦しい眠りのなかで会ってきた者同士の親しみをこめて、旅の道連れを見つめた。

「ところで」と彼女はたずねた。「あなたはどういうかたですか？」

不気味な乗客は、遠いむかしに会っていたとしても不思議のない悲しげな子供の面影を彼女の顔に見てとって、ようやく自分の暮らしを語りはじめた。

「わしは二百年にわたり、ウィーン郊外のある場所で〝露命をつないで〟きた。無神論者ばかりか敬虔な信者にも攻撃されたわしは、生きのびるために、書庫に、ほこりまみれの棚に隠れ、神話や古塚の物語を糧（かて）にしてきたのだ。真夜中に狼狽と恐怖の宴（うたげ）を開いたものだ、駈けだす馬、吠える犬、跳びはねる猫……墓のふたからこぼれ落ちる土くれをふるまって。歳月が過ぎるにつれ、目に見えない世界の仲間たちは、ひとりまたひとりと消えていった。いっぽう城は崩れ、領主らは亡霊の出る庭を婦人クラブや朝食つきホテルの起業家に貸しだす始末だ。追いたてられた、わしら世界をさまよう不気味な者たちは、不信や懐疑や軽蔑や、ひどい嘲笑の沼と原野に沈んできたのだ。人口と不信心者の数が日ごとに倍増するうちに、幽鬼の友人たちはひとり残らず逃げてしまった。どこへ逃げたかは知らん。わしが最後の者で、列車に乗りヨーロッパを縦断して、どこか安全な場所へ行こうとしておる。雨に濡れそぼつ古城の天守閣、さまよう魂の煤(すす)と煙を人間がちゃんとこわがるところへ。イングランドとスコットランドが、わしの住みかだ!」

その声が小さくなり、沈黙に呑まれた。

「それで、あなたのお名前は?」とうとう老看護師がたずねた。

「名前なんぞない」男はささやき声でいった。「千の霧が、わが一族の墓所を訪れてきた。千の雨が、わが墓石を濡らしてきた。鑿(のみ)の彫り跡は、霧と水と陽射しにすりへった。わしの名前は、花と草と大理石の粉とともに消えてしまったのだ」男は目を見開いた。

「なぜこんなことをする? なぜわしを助けてくれるんだ?」

するとようやく彼女が口もとをほころばせた。というのも、自分の唇から正しい答えがこぼれたからだ。

「生まれてからいちどもヒバリだったことがないんです」

「ヒバリだって⁉」

「わたしの人生は剝製（はくせい）のフクロウのそれでした。修道女ではなかったけれど、結婚はしませんでした。病弱な母親と目の不自由な父親の世話をしながら、病院勤めに身を捧げてきたんです。墓石みたいなベッド、夜中の叫び声、息を引きとる人たちには香水とはいえない薬といったものに。それなら、このわたしだって幽霊みたいなものでしょう？　それがいまになって、今夜、六十六を超えて、あなたのなかにとうとう患者を見つけたんです！　まるっきりちがっていて、目新しく、どこからどこまでも新しい患者を。ああ、なんてやりがいがあるんでしょう。わたしがあなたの歩調をとります、列車をおりたら人々にむきあい、パリの雑踏をぬけて、こんどは海までの旅、列車をおりて、フェリーに乗るんです！　たしかにそれは――」

「ヒバリだ！」不気味な乗客が叫んだ。笑いの発作で体が揺れた。「ヒバリだって？　そうとも、それこそわしらなんだ！」

「でも」とミス・ミネルヴァ・ハリデイ。「パリでは、司祭をあぶりながら、ヒバリを食べなかったかしら？」

　男は目を閉じ、小声でいった。

「パリでは？　ああ、そうだった」

列車がむせび泣いた。夜は更けていった。

そしてパリに到着した。

まさに到着というとき、せいぜい六つにしか見えない男の子がひとり、走ってきて、ぴたっと動きを止めた。男の子は不気味な乗客をまじまじと見て、不気味な乗客は南極の浮氷を思わせる視線でにらみ返した。男の子は悲鳴をあげて、逃げていった。老看護師はドアを大きくあけて、表をのぞいた。

男の子は通路の突きあたりで父親に泣きついていた。父親が通路を猛然とやってきて、怒鳴った。

「どういうつもりだ？　いったいだれがこわがらせたんだ——」

男はぴたりと足を止めた。ドアの外で男の視線は、ブレーキをかけて速度を落としているオリエント急行の上で、このやつれ果てた乗客に釘付けになった。男は自分の舌にもブレーキをかけた。

「——うちの子を？」

不気味な乗客は、霧を思わせる灰色の目で黙って男を見つめた。

「わたしは——」フランス人はあとずさり、自分の目を信じられないようすで歯を吸った。「申しわけない！」とあえぎ声でいい、「悪気はなかったんです！」

そしてふりかえると、息子をぐいぐい押した。

「困ったやつだ。はいれ！」親子のコンパートメントのドアがたたき閉められた。

「パリ！」と列車じゅうにアナウンスがあった。

「なにもいわずに急いで！」ミネルヴァ・ハリデイはそういうと、年老いた友人を殺気だった人々と場所ふさぎの荷物でごったがえすプラットフォームにせきたてた。

「溶けてしまう！」と不気味な乗客が泣き声をあげた。

「これから連れていく場所ならだいじょうぶ！」

彼女はピクニック・バスケットを見せると、奇跡的に一台だけ残っていたタクシーに友人を押しこんだ。そして荒れ模様の空のもと、ペール・ラシェーズ霊園に到着した。大門が閉まるところだった。看護師はフラン紙幣を何枚かふった。門の動きが止まった。

霊園内で、ふたりは一万の墓碑のあいだをよろよろとだが、心安らかにさまよった。おびただしい数の冷たい大理石と、数かぎりない隠れた魂のせいで、老看護師は不意にめまいをおぼえた。片方の手首に痛みが走り、顔の左側にさっと冷気がさした。彼女は首をふり、いまのをなかったことにした。ふたりは墓石のあいだをよろよろと歩きつづけた。

「どこで食事にする？」と不気味な乗客。

「どこでも」とミス・ミネルヴァ・ハリデイ。「でも、気をつけて！　ここはフランスの霊園ですから！　不信心者がひしめいているわ。ある年には信仰のために人々を火あぶりにしたのに、つぎの年にはその信仰のせいで火あぶりになるようなエゴイストの大軍(アルメ)よ！　決めてください！　選んで！」

ふたりは歩いた。不気味な乗客がうなずいた。

「この最初の墓石。下には──なにもない。死ねば終わり、時のささやき声もない。ふたつめの墓石──女だ、ひそかに信じていた。なぜなら夫を愛していて、永遠の世界で再会したいと思っていたから……ここには霊魂のつぶやきが、回心のきざしがある。すこしはましだ。さて、三つめの墓石──フランスの雑誌にスリラーを書いていた作家だ。しかし、この男は自分の書く夜を、霧を、古城を愛していた。この石は適温だ、ちょうど上等のワインのように。ここにすわるとしよう、ご婦人、シャンパンを注いでもらえないか。発車時刻を待つとしよう」

彼女はグラスをさしだした。

「お飲みになる？」

「試しても悪くない」彼はグラスを受けとった。「試してみるだけなら悪くない」

不気味な乗客があやうく〝死にかけた〟のは、列車がパリを発ったときだった。サルトルの『嘔吐(おうと)』に関するセミナーを終えたばかりで、シモーヌ・ド・ボーヴォワールについて熱気球をふくらませている知識人の一団が、沸騰してからになった空気をあとに残しながら、通路を流れていったのだ。

青白い乗客がますます青白くなった。

パリを出て二度めの停車で、またしても侵略者の来襲！　ドイツ人の一団が、祖先の霊への不信や、政治への懐疑を声高に叫びながら、どやどやと乗りこんできたのだ。なかには『神はこの世にいましたのか？』という題名の本をかかえた者までいる始末。

東方（オリエント）の幽霊は、レントゲン写真を思わせる骨格にますます沈みこんだ。

「まあ、どうしましょう」ミス・ミネルヴァ・ハリデイは叫ぶと、自分のコンパートメントへ駆けもどり、あわてて引きかえしてきて、本をどさどさと投げだした。

「『ハムレット』！」彼女は大声でいった。「彼の父親、これなら効く？『クリスマス・キャロル』。四人の幽霊！『嵐が丘』。キャシーがもどってくる、これならどう？　雪のなか、幽霊になってもどってくるのよ。ああ、『ねじの回転』、それに……『レベッカ』！　それから──わたしのお気にいり！『猿の手』！　どれがいい？」

しかし、オリエントの幽霊は、マーレイのせりふを返さなかった。目は固く閉じられ、口は氷柱でぬわれていた。

「待って！」彼女は叫んだ。

そして最初の本を開いた……。

ハムレットが城壁に立ち、父親の幽霊がうめくのを聞く場面だったので、彼女はそのせりふを読みあげた――

「『心して聞け……時間はわずかしかない……まもなく煉獄（れんごく）の炎に……ふたたびわが身をさいなまれねばならぬ……』」

つづけて読んだのは――

「『わたしはそなたの父の霊だ、期限がくるまで夜は地上をさまよい……』」

そしてこんどは――

「『……そなたがかつて父を愛していたなら……おお、神よ！……悪逆非道な人殺しの恨みをはらしてくれ……』」

そのつぎは――

「『……これほど恐怖、非道、奇怪な人殺しはまたとあるまい……』」

そして列車が夜闇をぬけていくなか、彼女はハムレットの父の亡霊の最後のせりふを読みあげた――

「『……もう行かねばならぬ……』」

「『……さらば、さらば！　この身を忘れるなよ』」

そして繰りかえした――

「『……この身を忘れるなよ！』」

するとオリエントの幽霊がぴくりと動いた。彼女はつぎの本をつかんだ。

「『……そもそものはじめから、マーレイは死んでいた』……」

オリエント急行が、黄昏の橋にさしかかり、轟音をあげて目に見えない川をわたった。

彼女の手は鳥のように舞った。

「『わたしは過去のクリスマスの幽霊だ！』」

それから——

「『幻の人力車は霧からすべり出ると、ガラガラと音をたてて濃い霧の奥へと——』」

すると、うしろで馬の蹄の音がかすかにこだましなかっただろうか、オリエントの幽霊の口のなかで？

「『カチカチカチ、と床板の下から、老人の告げ口心臓が！』」彼女はそっと叫んだ。

するとはねたのだ！　蛙がはねるように。オリエントの幽霊の心臓が、一時間ぶりに脈打ったのだ。

通路の先でドイツ人たちが、不信の大砲をぶっぱなした。

しかし、彼女は投薬をつづけた——

「『魔の犬が荒れ野で吠えたてた——』」

するとその吠え声のこだま、この上なくわびしい叫びが、旅の道連れの魂から流れだし、喉からむせぶように絞りだされた。

夜が更け、月が昇り、白衣の女が風景を横切るにつれ、老看護師が読みあげて語るにつれ、コウモリが狼となり、狼がトカゲとなり、不気味な乗客の眉間で壁にはりついた。

とうとう列車が寝静まると、ミス・ミネルヴァ・ハリデイは、人が床に倒れるような音とともに、最後の本を床に落とした。

「安らかな眠りのきたらんことを（レクイエスカト・イン・パーケ）かな？」目を閉じたまま、オリエントの旅行者がささやいた。

「そうです」彼女はにっこりして、うなずいた。「お休みなさい（レクイエスカト・イン・パーケ）」そしてふたりは眠った。

とうとう列車が海にたどり着いた。

霧が出ていた。霧は濃くなり、やがて小雨となった。ちょうど灰色に塗りこめられた空から似合いの涙が降ってきたかのようだった。

おかげで不気味な乗客も気が晴れた。口をあけ、妖気ただよう空と潮の亡霊が訪れる海岸に感謝のことばをつぶやいた。やがて列車は駅舎にすべりこみ、乗り換え客でごったがえした。満員の列車が満員の船になるのだ。

オリエントの幽霊は動こうとせず、いまや幽霊にとり憑かれた列車に最後まで残った乗客となった。

「待ってくれ」男は低い哀れっぽい声で叫んだ。「あの船！　あれには隠れるところがない！　それに税関！」

しかし、税関の役人たちは、黒っぽい帽子と耳あてに隠れた雪のように白い顔をひと目見るなり、さっと手をふり、荒涼とした魂をフェリーへむかわせた。

愚痴や、無神経な肘や、押しあう人波に囲まれるなか、船がぶるっとふるえ、動きだした。と、看護師は、もろい氷柱がふたたび溶けていくのを目のあたりにした。

子供たちの一団が金切り声をあげながら通りかかった。思わず彼女はこういった。

「急いで！」

そして柳細工の人形を運ぶようにして、男の子たちと女の子たちのあとを追った。

「だめだ」老いた乗客は叫んだ。「うるさすぎる！」

「特別に効き目があるんです！」看護師は男をせきたててドアをくぐらせた。「薬なんです！　ほら！」

老人は目を見はった。

「なんと」彼はつぶやいた。「ここは――遊戯室だ」

老看護師は彼を連れて、叫び声のまっただなかに踏みこんだ。

「みなさん！　お話の時間ですよ！」

子供たちがまた走りまわろうとすると、彼女はつけ加えた。

「こわいお話の時間ですよ！」

さりげなく不気味な乗客を指さす。男の蛾を思わせる青白い指が、冷たい喉に巻かれたスカーフをつかんだ。

「みんな寝ころがって！」と看護師。

子供たちは金切り声をあげて、オリエントの旅人のまわりに寝ころがった。ちょうどインディアンが天幕（ティーピー）を囲むように。老人の体にそって視線をあげていくと、ぱっくりとあいた口のなかで、雪嵐が奇妙な温度で吹きあれていた。

「みなさんは幽霊を信じますか、信じるわよね？」

「はーい」と元気よく声があがった。「信じまーす」

まるで込み矢（先ごめ式の鉄砲に弾薬を装填する押し込み棒）が男の背骨を突きぬけたかのようだった。オリエントの旅人は体をこわばらせた。ちっぽけな火打ち石の火花が力なく飛び、彼の目に燃えあがった。冬の薔薇（ばら）が頰につぼみを結んだ。そして子供たちが身を乗りだせば乗りだすほど、彼の背丈はのびていき、顔に赤みがさしてきた。一本の氷柱の指で子供たちをさし、「わしが」とささやき声でいった。「これから」間（ま）を置いて、「こわいお話をしてあげよう。本物の幽霊の話を！」

「わーい、お話しして！」と子供たちが叫ぶ。

こうして彼は語りはじめた。舌の熱気が靄を呼びだし、霧をいざない、雨を招くにつれ、子供たちは身を寄せあって抱きつきあい、その石炭のベッドの上で男は満足げにこんがりと焼かれた。そして彼が話すあいだ、ドアのそばにひっこんでいたハリデイ看護師は、妖気ただよう海のかなたに男が見ているものを見た。幽霊の崖、白亜の崖、安全を約束するドーヴァーの崖、そのかなたのさほど遠くないところで待っているささやく塔、つぶやく城の奥処。そこにはいつとも知れぬむかしから幽霊がおり、静かな屋根裏とともに待っているのだ。そうやって目をこらすうちに、老看護師は自分の手が衿を這いのぼり、体温計のほうへむかうのを感じた。自分の脈をさぐる。短い闇が目にさわった。

とそのとき、ひとりの子供がいった。

「おじいさんはだーれ？」

すると蜘蛛（くも）の糸で織った屍衣（しい）をかきあわせた不気味な乗客は、想像力をとぎすませ、答えを返した。

上陸を告げるフェリーの汽笛の音が、ようやく長い真夜中の物語を中断させた。親たちがなだれこんできて、行方不明だった子供たちをつかまえると、凍てついた目をしたオリエントの紳士から引きはなした。男はなおも低い声で語りつづけ、その口から静かに流れだすうわごとが、子供たちを骨の髄までふるえあがらせた。やがてフェリーが桟橋（さんばし）に接岸し、最後の男の子が抵抗しながら引きずられていくと、老人と看護師だけが遊戯室に残された。いっぽうフェリーは楽しげに体をふるわせるのをやめた。あたかも船が夜更けの物語に耳をすまし、心の底から楽しんでいたかのように。

タラップのところで、オリエントの旅人が、わずかにきびきびしたところのもどった口調でいった。

「いや。助けがなくてもおりられる。ご覧！」

そしてタラップをすたすたとおりた。子供たちが男の顔色、背丈、声帯にとって強壮剤であったのにもまして、イギリスに近づくにつれ、足どりはしっかりしてきていた。そしてじっさいに桟橋に触れたとき、小さな喜びの声が薄い唇からもれた。そのうしろで、看護師が眉をひそめて立ちどまるなか、男は列車にむかって走っていった。目の前で男が子供のように駆けだすのを見ながら、彼女は立っているのがやっとだった。喜びと喜び以上のなにかに心を裂かれていたのだ。男が走り、彼女の心は男とともに走った。と、不意に驚くほどの痛みが突き刺さり、暗闇のふたがおりてきて、彼女は気を失った。

先を急ぐあまり、不気味な乗客は、老看護師がかたわらにも、うしろにもいないのに気づかなかった。それほど気がせいていたのだ。

列車に着くと、息を切らせて「着いたぞ！」といい、コンパートメントの把手（とって）を無事につかんだ。そこではじめて、老看護師がいないのに気づき、ふりかえった。

ミネルヴァ・ハリデイはいなかった。

それなのに、一瞬のちには、到着していた。前より青ざめて見えたが、満面に輝くような笑みを浮かべている。彼女はふらふらし、いまにも倒れそうだった。こんどは男が手をさしのべる番だった。

「ご婦人よ」彼はいった。「これほど親切にしていただいて」

「でも」彼女は静かな声でいうと、男を見つめた。相手がほんとうに自分を見るのを待って、「お別れはしませんよ」

「というと……？」

「あなたといっしょに行きます」

「しかし、あなたの予定は？」

「変わりました。もう、ほかに行くところはありません」

彼女はふりかえるようにして、肩ごしに目をやった。

桟橋では、みるみるうちに人が集まり、タラップに横たわるだれかを見おろした。つぶやく声と叫びがあがった。「医者」ということばが何度も叫ばれた。

不気味な乗客はミネルヴァ・ハリデイを見つめた。それから人だかりと、騒ぎのもとである桟橋に横たわっているものを見つめた。割れた体温計が群衆の足もとにころがっていた。男はミネルヴァ・ハリデイに目をもどした。彼女はまだ割れた体温計に目をこらしていた。

「では、ご親切なおかたよ」とうとう男はいった。「いらっしゃい」

彼女は男の顔をのぞきこんだ。

「ヒバリね？」

男はうなずいた。

「ヒバリだとも！」

そして彼女に手を貸して列車に乗せた。まもなく列車はガクンと揺れると、けたたましい音をたて、汽笛を鳴らして線路を走りだした。ロンドンとエディンバラと、荒れ野と古城と、暗い夜と長い歳月にむかって。

「あの女はだれだったのかな？」と不気味な乗客が、桟橋の人だかりをふりかえりながらいった。

「さあ」と老看護師。「とうとうわかりませんでしたわ」

そして列車は走り去った。

線路のふるえが止まるまで、たっぷり二十秒がかかった。

第十三章　ナストラム・パラセルシウス・クルック

「わしが何者か、教えてもらわなくてけっこう。知りたくないんでな」

　そのことばは、信じられないほど巨大な屋敷の裏にある、静まりかえった大きな納屋へと流れこんだ。

　語っているのはナストラム・パラセルシウス・クルック（直訳すれば、パラケルススの万能薬を売るイカサマ師くらいの意味）。彼は三人のうち最初にやってきた者で、いまは梃子（てこ）でも動くものかとがんばっていた。おかげで集会から数日後の黄昏（たそがれ）にここへ集まった全員の背中が曲がり、魂がむしばまれていた。

　通称ナストラム・P・Cは、背中にこぶ（クルック）があり、口のまんなかにも似たようなねじれがあった。片目は——見かたにもよるが——半閉じか半開きになりがちで、まぶたの裏の目は、まじりけのない火の結晶で、やぶにらみになりがちだった。

「あるいは、ことばを換えれば……」ナストラム・P・Cはいったんことばを切り、それからいった。

「わしがなにをしているか、教えてもらわなくてけっこう。知りたくないんでな」

納屋の屋根裏に集まった一族の者たちが、とまどいの声を小さくもらした。集まった者のうち三分の一が、空を飛ぶか、川岸にそって狼のように走って東西南北からもどってきていた。すくなくとも六十人のいとこ、おじ、祖父、見知らぬ訪問者をあとに残して。というのも――

「なぜわしがこんなことをいうのか？」とナストラム・P・Cがつづけた。

そう、なぜだろう？　五ダースほどの見知らぬ顔がぐっと身を乗りだした。

「ヨーロッパの戦争は空を荒らし、雲を細切れにし、風に毒をまいてしまった。西から東へむかう天空の海流さえ、硫黄と黄燐の臭気がふんぷんだ。聞くところによると、中国の木々は、最近の戦争のせいで、鳥も止まらんそうだ。かくして東洋の賢人は、木々が丸裸のところで地面に座しておる。いま、それとおなじ脅威がヨーロッパに迫っておるんだ。わしらの影のいとこたちは、そう遠くないむかしに英仏海峡をわたり、生きのびられそうなイギリスへ移住した。だが、生きのびられるという保証はない。イギリスの最後の城が朽ちはて、人々がいわゆる迷信からさめたとき、わしらのいとこは健康をそこない、じきに溶けて芝土となっても不思議はないんだ」

だれもが息を呑んだ。低くむせび泣く声があがり、一族に動揺が走った。

「おまえたちの大部分は」年老いた男はつづけた。「居残れるかもしれん。ここでは歓迎される。大箱とキューポラと小屋と桃の木がたくさんあるから、身を落ちつけられる。とはいえ、そいつはうれしくない境遇だ。そのせいで、わしはさっきいったことをいったんだ」

「わしがなにをしているのか、教えてもらわなくてけっこう」とティモシーが引用した。「知りたくないんでな」と五ダースにおよぶ一族の者たちがささやいた。

「だが、いま」とナストラム・P・C。「わしらは知らねばならん。わしらは自分を表し、わしら全体をひとことで表すよう な名前をつけず、ラベルをはってこなかった。いまからはじめよう」

しかし、だれかが答える暇もなく、屋敷の正面門がしーんと静まりかえった。これほどの静寂は、とどかなかった雷鳴のようなノックの残響であっても不思議はなかった。まるで風で頬をふくらませた大きな口が、ドアに息を吹きかけ、ぶるぶるふるわせたかのようだった。なかば目に見えるものの、そこにいるのにいないものの存在を告知させるために。

不気味な乗客が、すべての答えをたずさえて到着したのである。

不気味な乗客がどうやって生きのび、世界を半周して、北イリノイの十月の国までやってこれたのか、だれにも想像がつかなかったし、見当もつかなかった。たぶんどうにかしてスコットランドとイングランドの廃墟となった僧院や、からっぽの教会や、人の行かなくなった墓地で露命をつなぎ、最後に幽霊船に乗って海をわたり、コネティカット州ミスティック港へ上陸し、どうにかして森のあいだをぬい、田園地帯を越え、ようやく北イリノイに到着したのだろう、と察しをつけられるくらいだった。

　不気味な乗客が到着したのは、雨雲がわずかに出ているのをのぞけば、雨のほとんど降っていない夜だった。雲は風景をよぎり、しまいには大きな屋敷の正面ポーチに打ちかかった。門の錠前がきらきら光り、吃音をたてた。そしてドアがさっと開くと、一族の新たな移民集団の第一陣が、とうとうそこに立っていた——ミネルヴァ・ハリデイを連れた不気味な乗客が。とうに死んでいる者にしては恐ろしく元気に見えた。

　ティモシーの父親は、このかろうじて感知できる冷気の震動に目をこらし、訊かれないうちから質問に答えられる知性を感じとった。そういうわけで、とうとう彼はいった。

「わたしたちの一員だね？」

「あなたがたの一員だ、さもなければあなたがたのお仲間というところか」不気味な乗客は答えた。「いったいあなたがたとは何者だ、それともわれわれとは、さもなければわたしたちとは？　名づけられるのだろうか？　形があるのだろうか？　どんな雰囲気をまとっているのか？　秋雨の眷属(けんぞく)なのか？　湿地から霧となって立ちのぼるのか？　黄昏(たそがれ)の靄(もや)の同類だろうか？　うろついたり、走ったり、跳びはねたりするのだろうか？

崩れおちた壁の上の影なのか？　翼の折れた天使形の墓石がくしゃみをすると揺れるほこりなのか？　十月のエクトプラズムのなかで浮かんだり、飛んだり、しなびたりするのか？　聞こえれば目をさまし、釘付けされたふたに頭をぶつけずにはいられなくなる足音なのか？　かぎ爪か手か歯につかまれたコウモリの翼の鼓動なのか？　われわれのいとこは、自分たちの暮らしを織りなし、呪文をかけるのだろうか、ちょうどあの生きものが、男の子の首に輪縄をかけるように？」と手をふる。

アラクが暗いしじまのなかで糸を繰りだした。

「われわれはあれと寄りそうのだろうか？」とまたしても身ぶり。

マウスがティモシーのヴェストにもぐりこんだ。

「われわれは音もなく動くのだろうか？　あのとおり」

アヌバがティモシーの足に体をこすりつけた。

「われわれは、見えないけれどもそこにいる鏡にさす影なのか？　時を告げるシデムシとして壁にとどまるのか？　自分たちの恐ろしい呼吸を煙突のなかで吸いこむ息なのか？　雲が月をおおい隠すとき、われわれはその雲なのか？　竪樋（たてどい）がガーゴイルの口を借りてしゃべるとき、われわれはその舌のない音なのか？　昼間は眠って、すばらしい夜は群れをなして天翔（あまが）けるのか？　秋の木が金塊を雨あられと降らすとき、われわれはそのミダス王の触れたもの、歯切れのいい音節で空気を鳴らす落ち葉なのか？　いったい、ああ、いったいぜんたいわれわれとはなんなのか？　あなたがた、そしてわたしは、そして周囲をとり巻く、死んでいるけれども死んでいない叫びの主たちは何者なのか？葬儀の鐘がだれのために鳴るのかは訊くまでもない。そなたたちと、わたしと、マーレイの死の鎖をさまよう名前のない不気味なもののけたちすべてのために鳴るのだ。わたしの語るのは真実だろうか？」

「ええ、真実です！」父さんが声をはりあげた。「おはいりなさい！」

「そうとも！」とナストラム・パラセルシウス・クルック。

「はいってよ」とティモシーが叫ぶ。

「はいってよ」とアヌバとマウスと八本脚のアラクが身ぶりで示す。

「はいってよ」とティモシーが小声でいった。

不気味な乗客は、いとこたちの腕のなかへ飛びこみ、慈悲にすがって千の夜の滞在を願いでた。すると「喜んで」の合唱が、逆さまに降る雨のように舞いあがり、ドアが閉まると、不気味な乗客とそのすばらしい看護師は故郷にもどったのだった。

第十四章　十月の民

不気味な乗客のひんやりした吐息のおかげで、秋屋敷の住民たちは気持ちのいい寒気にさらされ、屋根裏めいた頭蓋骨のなかにあった古いメタファーをふるい落とし、いっそう大がかりな十月の民の会合を開くことにした。

集会が終わったいま、ある恐ろしい真実があらわになっていた。ついさっきまで木は秋風に吹かれて葉が一枚もなかったのに、いまは、翼を扇のように広げ、針のような歯をむきだしている枝にそって、逆さまにぶらさがった問題が、ずらりとならんでいるのだ。

メタファーは極端だったけれど、秋の会議は真剣だった。不気味ないとこがほのめかしたように、自分たちがだれであり、なんであるかを、一族はとうとう決めなければならなかった。闇の異邦人たちを名簿に記載し、分類整理しなければならないのだ。

鏡に映らない者たちのなかで、だれが最長老なのか？

「わたしだ」と屋根裏からささやき声が流れてきた。「わたしだよ」〈ひいが千回つくおばあちゃん〉が歯のない歯茎でかん高い音をたてた。「ほかにはいない」

「発言は承認された」とのっぽのトーマス。

「異議なし」と長い会議テーブルの影になった端にいたネズミめいた小人。エジプトの豹（ひょう）のように斑点（はんてん）の散った手をマホガニーの表面に押しつけている。

　テーブルがドスンとたたかれた。テーブル面の下にいたなにかが、笑うかわりにたたいたのだ。わざわざ目をむける者はいなかった。

「われわれのうち何人がテーブルをたたき、何人が歩き、よろめき、跳びはねるのか？　何人が陽射しを浴び、何人が月を翳（かげ）らせるのか？」

「早口すぎるよ」とティモシー。彼の務めは事実を書きとめることだ、パンノキの実くらいあっさりしていようと、そうでなかろうと。

「一族のうちいくつの分家が死に関連しているのか？」

「あたしたちは」とべつの屋根裏の声。ひび割れた木材をすりぬけたり、屋根を泣かせたりする風だ。「あたしたちは十月の民、秋の種族よ。それはアーモンドの殻のなか、夜草の莢（さや）のなかの真実よ」

「漠然としすぎている」とのっぽという名前とは裏腹にちびのトーマスがいった。

「旅人たちのテーブルをまわらせてちょうだい、空間だけでなく時間のなかを、芝の上だけでなく空気の上を歩き、走り、大股に歩いてきた者たちのテーブルを。たぶんあたしたちは二十一の存在にふくまれるのよ、一万マイルはなれた木の葉を吹きとばし、ここへ降りつもらせるさまざまな支流をオカルト的に要約したものなのよ」

「なぜこんなつまらんことで騒ぎたてる?」とテーブルのなかほどについていた二番めの長老にあたる紳士。ファラオの墳墓のためにタマネギを育て、パンを焼いた人物だ。「わしらひとりひとりがなにをしているかは、だれもが承知しておる。わしはナイルの谷に眠る王族の胸もとに供えるライ麦パンを焼き、シャロットを束ねる。死神の広間での饗宴をとりしきる。そこでは十三人のファラオが黄金の玉座に座し、彼らの吸う息はイースト菌と緑のイグサであり、彼らの吐く息は永遠の命なのだ。わしについてほかになにを知らなければならんというのだ、あるいはほかのだれであっても?」

「あなたの資料に不足はありません」とのっぽがうなずいた。「しかし、全員から闇夜の履歴書を集めなければならないのです。その知識があれば、この愚劣な戦争がピークに達しても、われわれは力をあわせられるでしょう」

「戦争?」ティモシーがちらっと目をあげた。「戦争って、どんな?」それからてのひらで口をおおい、顔を真っ赤にした。「ごめんなさい」

「あやまらなくてもいい、坊や」といったのは、あらゆる闇の父だ。「さあ、よく聞きなさい。上げ潮のような不信心の歴史について話してあげよう。ユダヤ＝キリスト教世界は荒廃しきっている。モーセの燃える柴は燃えあがろうとしない。墓からよみがえるはずのキリストは、懐疑者トマスに否認されるのを恐れて、出てこようとしない。アラーの影は正午に溶ける。したがって、キリスト教徒とムスリムが直面するのは、終わるたびに大きくなる多くの戦争によって引き裂かれた世界なのだ。モーセは山をおりなかった、そもそも登らなかったから。キリストは死ななかった、そもそも生まれなかったから。こうしたこと、こうしたもろもろのことが、われわれにとって大事なのだ。というのも、われわれは表が出るか裏が出るかと宙に放られたコインの裏側だからだ。勝つのは不浄(アンホリー)なものか神聖(ホーリー)なものか？　ああ、しかし、見ろ——答えはどちらでもないか、『寝言をいうな』なのだ。イエスが孤独で、ナザレが廃墟と化しているだけではなく、大多数の人々が無を信じているのだ。栄光につつまれたものにも、身の毛のよだつものにも存在する余地がない。われわれにしても危険にさらされている、はりつけにあわなかった大工とともに墓に閉じこめられ、燃える柴とともに吹きとばされるのだ、東方の黒い小部屋のモルタルがひび割れ、崩れるあいだに。世界は戦争状態にある。彼らはわれわれを〈敵〉と名づけない、名づけないのだ、というのも、名づければ、肉と実質をわれわれにあたえることになるから。顔か仮面を見なければ、相手を抹消して打ち負かすことはできない。彼らはわれわれなどいないというふりをして戦争を仕掛けてくる、そう、われわれには肉も実質もないとおたがいに請けあうのだ。それは作りごとの戦争だ。もしこの手の不信心者が信じるように信じたら、われわれの骨は薄くけずれ、風に乗って散らばるだろう」

ああ、と会議に出ているたくさんの影がささやいた。いーー、とつぶやき声が流れた。嘘だ。

「しかし、ほんとうなのだ」と古びた屍衣にくるまった父さん。「かつて戦争は、キリスト教徒およびムスリムとわれわれのあいだにだけあった。彼らが信仰に基づいた生を信じ、われわれを信じないかぎり、われわれには神話的肉体以上のものがそなわっていた。われわれには生きのびるために戦って勝ちとるものがあった。しかし、いま世界は攻撃するかわりに、ただ顔をそむけたり、われわれを突きぬけたりするだけの戦士、われわれがまがりなりにも実在するかどうか議論さえしない戦士でいっぱいだから、われわれは丸腰になっている。無視の波があとひとつ押しよせれば、虚無と黙示録からの無の集中豪雨があといちどくれば、無視のつまった一陣の風が、われわれの蠟燭を吹き消すだろう。砂嵐のようなもので世界じゅうがくしゃみし、わが一族は跡形もないだろう。耳をかたむけ、その気になれば、たったひとつの文句に滅ぼされるのだ。それはこういう文句だ――おまえたちは存在しない、存在しなかった、存在したこともない」

「ああ。嘘だ。いーーー。嘘だ、嘘だ」とささやき声が流れる。

「もうすこしゆっくりいって」と書きとりに大わらわのティモシー。

「攻撃の計画はどうなってるの？」

「なんだって？」

「つまり」と答えたのは暗く目に見えない者。すなわち、〈目に見える者〉ティモシー、煌々(こうこう)と照らされたティモシー、あっさりと見つかった者の養母である。「あなたはアルマゲドンの激しい輪郭を描いてみせたわ。わたしたちをことばで滅ぼしそうになった。こんどはわたしたちが立ちあがる番。だってわたしたちは、十月の民であると同時にラザロのいとこでもあるんだから。だれと戦うかはわかってる。つぎはどうすれば勝てるかよ。お望みなら、反撃と呼んでもいいわ」

「そのほうがいいな」とティモシーがいい、歯の隙間に舌を突っこんだ。母親のゆったりとした発音をゆっくりと書きとっていく。

「問題は」と不気味な乗客が割ってはいった。「人々にわれわれを信じさせるのも、ほどほどにしなければならんということだ！　信じる度がすぎたら、人々はハンマーを鍛え、杭をとがらせ、十字架をこしらえ、鏡を作るだろう。信じさせれば身の破滅、信じさせなければ身の破滅だ。姿をあらわさずにどうやって戦う？　焦点をくっきり結ばずにどうやってあらわれる？　われわれは死んでいないし、まだ正しく埋葬されていないと人々に告げるのか？」

　闇の父は考えこんだ。

「広がるんだよ」だれかがいった。

テーブルについていた者たちがいっせいにふりむき、この考えがこぼれ落ちてきた口を見つめた。ティモシーの口だった。彼はちらっと目をあげ、自分が思わずそう口走ったのをさとった。

「もういちどいってくれないか」と父親が命じた。

「広がるんだよ」と目を閉じてティモシー。

「つづけなさい、坊や」

「つまり」とティモシー。「ぼくらを見てよ、ひとつの部屋にみんながいる。ぼくらを見てよ、ひとつの屋敷にみんながいる。ぼくらを見てよ、ひとつの町にみんながいるんだ！」

ティモシーはぴたりと口を閉ざした。

「なるほど」と屍衣にくるまった両親がいった。

ティモシーはネズミのようにかん高い声をあげた。それにつられてマウスが衿から出てきた。首にいる蜘蛛がぶるっと身をふるわせる。アヌバがけたたましい声で鳴いた。

「つまり」とティモシー。「屋敷には数えきれないほど部屋がある、空から落ちてくる枯れ葉を残らずおさめられるし、森をぬける動物を残らずおさめられるし、空を飛ぶコウモリを残らずおさめられるし、雨を降らせにくる雲を残らずおさめられる。でも、それだけのことなんだ。塔はふたつか三つ残ってて、そのうちのひとつは、いま不気味な乗客と看護師さんが居着いてる。その塔はふさがってるけど、古いワインをしまいこむのに数えきれないほどの大箱が残ってる。蜘蛛の糸みたいなエクトプラズムをかけておくのに数えきれないほどのクロゼットがあるし、新しいネズミのためには数えきれないほどの壁の隙間があるし、蜘蛛の巣をはるのに数えきれないほどの角がある。でも、それだけのことなんだ。だから、魂を分配する方法、人々を屋敷からだして、このあたりの安全な場所へ移す方法を見つけないといけないんだ」

「ならば、どうすればいい？」

「ええと」自分が注目の的になっているのを感じながら、ティモシーはいった。というのも、けっきょく自分はただの子供なのに、これらの年老いた人々にどう生きるべきか――さもなければ、このほうがふさわしいいいかただが、どういう風に出ていき、亡者になるかを諭しているのだから。

「ええと」ティモシーはつづけた。「ぼくらには割りふりのできる人がいる。彼女は魂を求めてあたり一帯を探せるし、からっぽの体とからっぽの人生を探しだせる。だから満杯になっていない大きな缶や、半分からのちっぽけなグラスを見つければ、こうした体とこうしたからっぽの魂をつかまえて、ぼくらのなかで旅したい者のために場所をあけられるんだ」

「それなら、その人物とはだれだ？」と答えを知りながら、だれかが訊いた。

「ぼくらを助けて魂を割りふれる人は、いま屋根裏にいる。彼女は眠って夢を見てる、夢を見て眠ってる、遠いところにいる。探すのを手伝って欲しいと頼みにいけば、きっと手伝ってくれるよ。そのあいだ、ぼくらは彼女のことを考え、彼女の生きかた、旅のしかたに慣れるんだ」

「もういちど訊くが、いったいだれのことだ？」と声がいった。

「彼女の名前？」とティモシー。「もちろん、セシーだよ」

「そうよ」と艶やかで愛らしい声が、会議場の空気を波立たせた。

彼女の屋根裏の声が語った。

「引き受けるわ」とセシー。「いつかそのうち花の種が芽をだすようにと、風に種をまく人みたいに。ひとつずつ魂を集めて、大地をよぎらせ、それが芽をだすのにふさわしい場所を見つけさせてちょうだい。ここから何マイルも行ったところ、町のはるかむこうに、何年か前の砂嵐の時期に見捨てられたからっぽの農場があるわ。あたしたちの風変わりな親類から志願者をひとり募って住まわせましょう。だれが一歩前に出て、あたしにその遠い場所まで旅させてくれるの、だれがそのからっぽの農場を受けつぎ、子供を育て、都会の脅威のおよばないところで暮らすの？　だれが志願するの？」

「まあ、べつに」とテーブルの反対端で、大きな翼がはばたく合間に声があがった。「おれでもかまわんだろう」とアイナーおじさん。「おれには空を飛ぶ能力（ちから）があるし、なんとかそこまで行けるだろう、きみが力を貸してくれ、おれの魂をつかみ、おれの心を握り、旅するのを助けてくれればの話だが」

「いいわ、アイナーおじさん」とセシー。「たしかに翼の生えたあなたが適役よ。準備はいい？」

「いいとも」とアイナーおじさん。

「じゃあ」とセシー。「はじめましょう」

第十五章　アイナーおじさん

「たったの一分ですむことじゃないの」とアイナーおじさんの賢い妻がいった。

「お断りだ」とアイナーおじさん。「ついでにいうと、一秒ですむけどね」

「朝からずっと働きづめだったのよ。それなのに手伝ってくれないの？　いまにも雨が降りそうなのに」

「降ればいいさ」と彼は大声でいった。「雷に打たれてまで、きみの洗濯物を干すつもりはないからな」

「でも、あなたならあっという間じゃない」

「もういっぺんいう、お断りだ」大きな防水布のような翼が、彼の背中でいらだたしげにブーンとうなった。

彼女は、二ダースもの洗濯物が結ばれた細いロープを彼にわたした。彼は嫌悪の色を目に浮かべ、指でそれをいじりまわした。

「けっきょくこうなるんだ」と苦々しげにつぶやく。「こうなる、こうなる、こうなる」

何日、何週間にもわたって風をさぐり、土地をながめ、どんぴしゃりではない農場を見つけたあと、セシーはとうとうからっぽの農場、人がいなくなり、家が無人となっている農場を見つけたのだった。セシーは彼をはるばるここまで送りとどけ、将来の妻、そして不信心者のはびこる世界からの避難所を探させた。そして彼はここで窮地におちいっていた。

「泣かないで。服がまた濡れてしまうわ」彼女はいった。「さあ、飛びあがって、そいつを持って飛びまわってちょうだい。そうすれば一瞬でかたがつくわ」

「飛びまわってちょうだいか」彼はうつろであると同時に、ひどく傷ついた声で自嘲気味にいった。「雷よ鳴れ、土砂降りになれ！」

「お天気だったら、頼まないわ」と彼女。「せっかく洗濯したのが無駄になるの。家じゅうに吊してもいいけど――」

これが効いた。もし彼に大きらいなものがあるとしたら、ずらりとならんで旗のようにひらひらする洗濯物だった。部屋を横切るのに、その下を這いつくばって進まなければならないからだ。彼は大きな翼をブンブンうならせた。

「でも、牧場の柵のところまでだぞ」

「それでいいわ！」彼女が叫んだ。

旋回し……ぐんぐん舞いあがった。翼が冷たい空気を切り、愛撫する。と、轟音をあげて低空飛行で農地を横切り、一列になった洗濯物を大きなはためく輪にしてなびかせた。バサバサとはばたく翼の動きと、それが生みだす後流で洗濯物を乾かしているのだ。

「受けとれ！」

一分後、もどってきた彼は、妻がならべて広げた清潔な毛布の上に、新鮮な小麦なみに乾いた洗濯物を投げおろした。

「恩に着るわ！」彼女が声をはりあげた。

「ガアー！」彼は叫ぶと、すっぱいリンゴの木の下で考えごとをしに飛び去った。

アイナーおじさんの絹のような美しい翼は、海緑色の帆のように背中から垂れている。さっと身をかたむけたり、旋回すれば、ひゅーっと風を切る音が肩から流れだすのだ。彼は翼がきらいなのか？　とんでもない。若いころは、いつも夜中に飛んでいた。夜は翼の生えた男のための時間だ。昼間は危険をはらんでいる。いつも危険だったし、これからも危険だろう。だが、夜中は、ああ、夜中には、遠い土地やもっと遠い海まで翔ていったものだった。彼にはなんの危険もなかった。思う存分に飛びまわり、爽快な気分に浸ったものだ。

ところが、いま彼は夜中に飛べないのだ。

このしけた運のない農場へくる途中、彼は豊潤な深紅のワインを飲みすぎてしまった。

「だいじょうぶさ」とまわらぬ舌で自分にいいきかせながら、夜明けの星のもとで長い道のりを進み、月光を浴びて夢見ている田舎の丘陵を越えた。とそのとき――空からバリバリッという音が――

神さまが、でなければ宇宙が投げた青い稲妻！　高圧線の鉄塔だった。暗い鉢のような夜にまぎれて、最後の最後まで見えなかったのだ。

網にかかったカモ！　バチバチッと散る火花！　燃えあがったセント・エルモの火で顔を真っ黒にあぶられた。翼を猛然と逆にはばたいて火を消すと、彼は墜落した。

月光を浴びた牧草地に激突し、大きな電話帳が空から落ちてきたような音をたてた。

翌朝早く、露（つゆ）に濡れた翼を激しく揺すって、彼は立ちあがった。まだあたりは暗かった。夜明けの前ぶれである細い帯が、東の空にのびていた。まもなく帯に色がつき、空を飛ぶわけにはいかなくなるだろう。また夜が訪れ、翼が夜空にはばたくまで、森へ逃げこんで、いちばん深い茂みで一日が過ぎるのを待つしかない。

こうしているうちに、未来の妻が彼を見つけた。

温かな昼間のうち、若いブルニラ・ウェクスリーは、迷子になった牝牛の乳を搾ろうと外に出た。片手に銀の手桶をさげた彼女は、茂みをかき分け、見あたらない牝牛にむかって、どうか家へ帰ってちょうだい、さもないと搾られないミルクで乳房がはち切れるわよ、とぬけめなく呼びかけた。乳房がほんとうにはち切れそうになれば、牝牛はまずまちがいなく家にもどってくるという事実は、ブルニラ・ウェクスリーにとってどうでもよかった。森を散策し、アザミを吹きとばしたり、タンポポをかんだりするための口実にすぎなかったのだ。そのさいちゅうにブルニラは、アイナーおじさんに出くわした。

茂みのそばで眠っていた彼は、緑の風よけをかぶっているように見えた。

「まあ」とブルニラはひどく興奮した声をだした。「男の人だわ。キャンプ・テントのなかにいる」

アイナーおじさんは目をさました。キャンプ・テントが、その背中で大きな緑の扇のように広がった。

「まあ」と牝牛を探しにきたブルニラがいった。「翼の生えた男だわ。そう、そうよ、とうとうきてくれたのね。セシーがいったとおり！　アイナーなんでしょう⁉」

翼の生えた男に会うのはすてきなことで、ブルニラは彼と出会ったのが誇らしかった。ふたりはことばをかわしはじめ、一時間がたつころにはすっかり打ち解けていた。二時間がたつころには、彼に翼が生えているのを彼女はまったく忘れてしまった。

「ひどい目にあったようね」と彼女はいった。「その右の翼はひどい怪我をしてるみたい。手当てしてあげるわ。どっちにしろ、それじゃ飛べないでしょう。わたしが子供たちとだけ住んでいるって、セシーに聞かなかった？　わたしは占星術師の端くれなの。いちばん奇妙で、いちばん風変わりで、心霊術師に近いような。それに、ご覧のとおり、こんなに不器量だし」

彼は不器量じゃないといいはった。べつに心霊術師でもかまわない。でも、ぼくのことがこわくないの、と彼は訊いた。

「うらやましいといったほうが近いわ」と彼女が答えた。「さわってもいいかしら？」

そしてうらやましそうに彼の大きな緑色の皮膜を丹念になでた。彼はその感触にぞくりと身をふるわせ、歯の隙間に舌を突っこんだ。

そういうわけで、アイナーは彼女の家へ行き、その傷に軟膏を塗ってもらうことにした。それにしても！　顔を横切る火傷、目の下の火傷のひどいこと！

「目がつぶれなくて運がよかったのよ」彼女はいった。「どうしてこんなことに？」

「天をめざしたのさ！」

やがて彼女の農場に着いた。おたがいの顔ばかり見ていたので、一マイル歩いたことにもろくに気づかない始末だった。

さて、一日が過ぎ、また一日が過ぎた。そのつぎの日は、ブルニラに戸口で礼を述べ、もう行かなければという日だった。けっきょく、セシーの望みは、彼が遠い田舎でなるべくたくさんのご婦人に出会ってから、翼を防水布のようにたたみ、身を落ちつける場所を決めることなのだ。

　夕暮れだった。これからもっと遠くの農場まで、何マイルも飛んでいかなければならない。

「ありがとう。じゃあ、さようなら」彼はそういうと、翼を広げ、黄昏（たそがれ）のなかで飛びたとうとし……そのとたん楓（かえで）の木にまともにぶつかった。

「まあ！」彼女は叫ぶと、気絶した男の世話をするために駈けていった。


　そういうことだった。一時間後に息を吹きかえしたとき、二度と夜中に飛べないことがわかった。繊細な夜間の知覚力が消えうせてしまったのだ。これまでは翼にそなわった遠隔知覚力（テレパシー）が、行く手をふさぐ塔や樹木や電線のある場所を教えてくれた。一点の曇りもない視力と感受性が、崖や柱や松の木のはざまに導いてくれた――それがひとつ残らず消えていたのだ。しかもセシーの遠い声は、役に立たなかった。青い電気の火で顔をあぶられたために、知覚がぬけ落ちてしまったのだ、ひょっとすると永久に。

「どうやったらヨーロッパへもどれるんだ？」彼は哀れっぽいうめき声をあげた。「いつかヨーロッパへ飛んでいきたくなったら！」

「あのう」ブルニラ・ウェクスリーはしげしげと床をながめた。「ヨーロッパに帰らなければいいのよ」

そういうわけでふたりは結婚した。式はあっさりしたものだった。もしブルニラにとってはふつうの式の裏返しで、暗く、なんとなくちがっていたとしても、終わりよければすべてよしだ。アイナーおじさんは、新婦とならんで立ちながら、無理して昼間にヨーロッパへ帰らないでもいいと考えていた。いま彼が安全にものを見られるのは昼間だけだが、そうすると人目に触れて、撃ちおとされないか心配だ。しかし、もうどうでもいい。ブルニラがそばにいるのだから、ヨーロッパは彼にとって魅力を大いにすり減らしていた。

はっきり見えなくても、まっすぐ飛びあがったり、おりてきたりする分には困らない。したがって、結婚の夜に彼がブルニラを抱きかかえ、雲間へまっすぐ舞いあがったのは、しごく当然のことだった。

五マイル先に住む農夫が、真夜中の空にちらっと目をやると、かすかな光がパッパッと輝いた。

「遠くの稲光だ」と彼は思った。

明け方になって、露がおりるまで、ふたりはおりてこなかった。

結婚生活がはじまった。彼女は夫がたいそう自慢で、自分は翼の生えた男と結婚した世界でたったひとりの女だという考えが、しきりに浮かんでくるのだった。「ほかにだれがいて?」と鏡にむかって訊いてみる。もちろん答えは——「だれもいない!」

いっぽう、彼はブルニラの顔のうしろに大いなる美しさを、大いなるやさしさと理解を見いだした。彼女の好みにあわせて食べるものをすこし変えた。翼が陶器を倒したり、ランプをはたき落としたりしないように気を配った。睡眠の習慣も変更した。どのみち夜は飛べないのだから。お返しに彼女は椅子(いす)を修理して、翼を楽に休められるように工夫し、彼が聞きたがることをいった。

「わたしたちはみんな繭(まゆ)につつまれてるのよ」と彼女はいった。「わたしは質素なパン。でも、いつか繭から飛びだして、あなたの翼に負けないくらい立派できれいな翼を広げるの」

「きみはとっくのむかしに繭から飛びだしてるよ」

「たしかに」彼女は認めるしかなかった。「その日がいつだったかも知ってるわ。森のなかで牝牛を探していて、キャンプ・テントを見つけた日よ!」

そしてふたりは笑った。するとその瞬間、隠れていた美しさが彼女の家庭的なところからすべり出た、ちょうど剣が鞘(さや)からぬけるように。

彼女の連れ子についていえば、男の子がふたりで女の子がひとりだった。活発で、翼が生えているみたいだった。暑い夏の日には毒キノコのようにポンポンとあらわれ出て、リンゴの木の下にすわり、翼であおいで涼しくしてくれ、星明かりのなか、夜空を気ままに飛んだ若いころの話をしてくれと、アイナーおじさんにせがんだ。そこで彼は風と雲の肌ざわり、口のなかで星が溶けるとどんな味がするものか、高い山の空気の味、エヴェレスト山から小石のようにころげ落ち、万年雪にぶつかる寸前、翼をぱっと開いて、緑の花畑へむかうのがどういう気分かを話して聞かせた。

これが彼の結婚だった、そのときは。

そして今日、この木の下にアイナーおじさんはすわり、いらいらがつのり、意地悪になっていく自分をもてあましていた。こうなりたいと思ったからではなく、長いこと待っても、夜中に飛ぶための感覚がいっこうにもどってこないからだった。ここに意気消沈してすわっている姿は、緑色の日よけパラソルに似ている。かつてはその広がった影の下に憩いを求めた避暑客たちが、季節はずれになって無情にも捨てていったパラソルに。飛ぶのを恐れて、永久にここにすわっているのだろうか？　翼をはばたかせるのは、やさしい妻に頼まれて洗濯物を乾かすためか、暑い八月の昼下がりに子供たちをあおぐためだけなのだろうか？　なんということだ！　考えてもみろ！

自分の仕事は飛ぶことだ。嵐よりも迅速に、電報よりも早く、一族の伝令役を果たすことだ。ブーメランのように丘や谷を巡回し、アザミのようにふわりと着地することだ。しかし、いまはどうだ？　苦々しい思いしかない！　翼が背中でぶるぶるふるえた。

「パパ、あおいで」と幼い娘がいった。

子供たちが目の前に立ち、彼の沈んだ顔を見あげていた。

「あとでね」と彼はいった。

「あおいでよ、パパ」と自慢の種である新しい息子。

「今日は涼しいから、もうじき雨が降るよ」とアイナーおじさん。

「風が吹いてるよ、パパ。風が雲を吹きとばしちゃうさ」とまだとても小さな次男。

「いっしょにきてよ、パパ」

「さあ行った、行った」アイナーは子供たちにいった。「パパには考えごとがあるんだ」

ふたたび彼はかつての空、夜の空、曇っている空、ありとあらゆる空に思いをはせた。人目に触れたり、サイロにぶつけて翼を折ったり、高圧フェンスに衝突するのをこわがったりして、草地をうろつくのが自分の運命なのだろうか？　ガアー！

「いっしょにきてよ、パパ」と女の子。

「丘へ行くんだよ」と男の子。「町じゅうの子供たちといっしょに」

アイナーおじさんはこぶしをかんだ。

「丘って、どの丘だい？」

「凧（たこ）の丘だよ、決まってるじゃない！」と子供たちは声をそろえた。

ようやく彼は三人をしげしげと見た。

めいめいが大きな紙製の凧をかかえ、胸をはずませていた。顔には期待の色が浮かび、動物のように輝いている。小さな手には白いより糸の玉。赤、青、黄、緑に塗られた凧からは、木綿と絹の尻尾が垂れている。

「凧をあげるんだ！　見にきて！」

「だめだよ。人に見られてしまう」

「森に隠れて見ればいいよ。見てほしいんだ」

「凧を？」

「自分たちで作ったんだ。作りかたを知ってるから」

「どうして作りかたを知ってるんだい？」

「パパを見てるから！」と間髪をいれずに答えが返ってきた。「だから知ってるの！」

彼は子供たちひとりずつに目をやった。

「凧あげ大会なんだね？」

「そうでーす！」

「あたしが一等賞をとるの」と女の子。

「ちがう、ぼくだよ！」男の子たちが反対した。「ぼくだよ、ぼくだよ！」

「そうだ！」アイナーおじさんが大声をあげた。けたたましい太鼓のような音をたてて翼をはばたかせ、飛びあがった。「おまえたち！　おまえたち、大好きだよ、大好きだよ！」

「どうしたの？　どうかしたの？」子供たちがあとずさった。

「どうもしないさ！」

アイナーは繰りかえし叫ぶと、翼をしならせて最大の推進力を生みだした。バシーン！　それはシンバルのように打ちあわさり、そのあおりをくらって子供たちがばったりと倒れた！

「この手があった、この手があったぞ！　これでまた自由だ、自由なんだ！　煙道をぬける火のように！　凧に舞う羽毛みたいに！　ブルニラ！」

彼は家にむかって呼びかけた。ブルニラが首を突きだした。

「ぼくは自由だ！」顔を真っ赤にし、背のびをして彼は叫んだ。「聞いてくれ！　夜でなくてもいいんだ！　もう昼間だって飛べるんだ！　夜は必要ない！　これからは毎日飛ぶんだ、一年のうちいつだって飛ぶんだ。だれにも知られずに、だれにも撃ちおとされずに、それから、それから、それから――おっと、いけない、時間の無駄だ！　見てくれ！」

そして唖然とした家族の見まもるなか、凧のひとつから木綿の尾をとると、自分のベルトに結びつけ、より糸の玉をつかみ、その片方の端を口にくわえ、反対の端を子供たちにあずけ、ぐんぐん空へ舞いあがっていき、風に乗った！

すると草地を横切り、農場を越えて、彼の娘と息子たちも走った。陽光に照らされた空へ糸を繰りだし、金切り声をあげ、つまずきながら。いっぽうブルニラは農場のポーチに立ち、笑いながら手をふっていた。これから自分の家族は喜びにつつまれて走ったり、飛んだりするだろうとわかったからだ。

子供たちは遠い凧の丘まで走りとおし、三人はそこに立つと、誇らしげな指により糸の玉を熱心に握り、それぞれが糸をたぐり、むきを変え、ひっぱった。

町からきた子供たちも自分たちの小さな凧を風に乗せようと走ってきた。そして大きな緑の凧が空で急降下したり、ぴたりと静止したりしているのを見て歓声をあげた。

「わあ、すごい凧だなあ！　わあ、すごいや！　あんな凧があったらなあ！　どこで買ったんだい⁉」

「父さんが作ってくれたんだ！」

自慢の種である娘とふたりの立派な息子は叫ぶと、得意げにより糸をひっぱった。すると空でブーンとうなっている凧がいったんさがってから舞いあがり、大きな魔法の感嘆符を雲の前に描いてみせた！

第十六章　ささやく者たち

名簿は長く、その必要性は明らかだった。

必要性の顕現は、さまざまな姿と形をとった。中身のつまった肉体をもつ者もいれば、空中にたちこめるはかない雰囲気だけの者もおり、雲の性質をそなえた者もいれば、風の性質をそなえた者もおり、夜の性質だけをそなえた者もいた。しかし、だれもが身を隠す場所、しまっておかれる場所を必要としていた。地下のワイン蔵であろうと、屋根裏であろうと、屋敷の大理石のポーチにならぶ石像に宿ることになろうとかまわない。そしてこうした者たちのなかに、ただのささやきがいた。一心に耳をすまさなければ、必要性は聞きとれない。

そしてささやきはこういった――

「伏せて。じっとしていろ。口をきいたり、身を起こしたりするな。大砲の怒号と絶叫に耳を貸すな。やつらが叫んでいるのは、破滅と死なのだから――幽霊が顕現することも、霊魂に心があたえられることもないのだから。やつらはわれわれに、恐るべき蘇生者の大軍によしといわず、だめだ、絶対にだめだという。そのせいでコウモリは翼をなくして墜落し、狼は体が萎えて横たわり、すべての柩(ひつぎ)が氷ではち切れ、永遠の霜で釘付けされる。だから一族の息は嘆息し、蒸気と霧の天気をさまようこともできないのだ。とどまれ、ああ、大いなる屋敷にとどまれ、板張りの床を打ち鳴らす告げ口心臓とともに眠れ。とどまれ、ああ、とどまれ、息を殺して。隠れろ。待て。時機を待て」

第十七章　テーベの声

「わしはテーベの城壁についていた蝶番（ちょうつがい）の私生児だった」とそれはいった。「さらにいえば、わしは私生児、あるいは蝶番でなにをいおうとしているのか？　テーベの城壁にはまっていた大きな扉のことか、それでいいのか？」

テーブルについていた全員が、じれったげにうなずいた。それでいいとも。

「それなら手短に話そう」と、影のいちばん小さなくしゃみにまじった蒸気のなかの霧がいった。「城壁が築かれ、大木から両開きの門がけずりだされると、門の開け閉めを楽にするため、それをぶらさげる世界初の蝶番が発明された。その門はしばしばあけられ、イシスやオシリスやブバスティスやラーの参拝にくる帰依者たちを招きいれた。しかし、神官たちはまだみずからを神格化し、人々をあざむいてはいなかった。まだ神々には声があるにちがいない、すくなくとも薫香（くんこう）があるにちがいないと感じていた。薫香というのは、煙が立ちのぼれば、螺旋（らせん）と筋ができ、象徴なり空気なり空間なりを読みとれるからだ。薫香はあとからきた。彼らは知らなかったが、声が必要だった。わしがその声だったのだ」

「へえ?」一族が身を乗りだした。「というと?」

「彼らは朽ちはてない金属である固い青銅でできた蝶番を発明したが、蝶番を静かに開け閉めするための潤滑油は発明しなかった。そういうわけで、テーベの大門があけられたとき、わしは生まれた。最初はとても小さかった、わしの声、ギーッというきしみ、キーッという耳ざわりな音は。だが、すぐに朗々たる神の声明となった。隠れていて、目に見えない、秘密の声明だ。ラーとブバスティスがわしを通じて語った。敬虔な帰依者たちは、心を乱されながらも、わしの一言一句に、わしのきしみやうめきになるたけ注意を払うようになった。黄金の仮面や収穫した小麦を漂白するこぶしに注意を払うようにだ!」

「そうとは夢にも思わなかったよ」と、軽い驚きに打たれてティモシーが顔をあげた。

「そうだったのだ」と三千年前に作られたテーベの蝶番から生まれた声がいった。

「つづけて」といっせいに声があがった。

「そして見たものだ」と声はいった。「青銅の掛け金に油をさすかわりに、帰依者たちが頭(こうべ)を垂れ、神秘につつまれ、解釈を待っているわしの発言に聞きいるのを。読師が任命された。わしのきしみやつぶやきにすぎないものを、オシリスからの暗示、ブバスティスからのあいさつ、太陽王ご自身からの承認として翻訳する神官が」

その存在はいったんことばを切り、自分をつなぐ蝶番のきしみやきしりをいくつか実演してみせた。それは音楽だった。

「ひとたび生まれたら、わしはいちども死ななかった。死にかけはしたが、死ななかった。油が世界じゅうの門や扉をなめらかに動かしても、わしがひと晩、一年、さもなければ人の一生のあいだ間借りできる扉や蝶番は、かならずひとつはあったのだ。かくしてわしは大陸を横断してきた、わし自身のことば、わし自身の宝である知識とともに。そしてここでおまえたちのあいだに身を落ちつけた、広い世界のあらゆる開け閉めの代表として。わが安息所にバターを塗るなかれ、グリースを塗るなかれ、ベーコンの皮を塗るなかれ」

控えめな笑い声。全員がそれに加わった。

「あなたのことをなんて書いたらいいの?」とティモシーがたずねた。

「風がなくても、空気がなくても語る者たちの一部族民と書くがいい。真昼にも夜のように過不足なく話す者と書くがいい」

「もういっぺんいって」

「楽園の門に到来し、入場許可を求める死者に『生きているうちに、おまえは熱狂を知ったか?』とたずねる小さな声だ。答えが然りであれば、人は天にはいる。否であれば、墜落して地獄の穴で焼かれるのだ」

「ひとつ訊くたびに、答えが長くなるね」

「では『テーベの声』だ。そう書くがいい」

ティモシーは書こうとして、

「『テーベ』ってどう綴るの？」

第十八章　生きるなら急げ

マドモワゼル・アンジェリーナ・マーガレットは、たぶん風変わりだったのだろう。ある者にとってはグロテスクであり、多くの者にとっては悪夢だった。しかし、まちがいなくいえるのは、謎めいた逆さまの一生を送ったということだ。

あの喜びとともに記憶される大がかりな集会の何カ月もあとまで、ティモシーは彼女が存在することさえ知らなかった。

というのも、彼女が生きた、あるいは存在した、あるいは最終的に潜伏したのが、木々の裏にあたる陽のささない地所、一族ならではの名前と日付のはいったしるしの立ちならぶところだったからだ。日付は、スペイン無敵艦隊がアイルランド沿岸にあらわれ、そのあたりの女たちが、黒い髪の男の子と、もっと黒い髪の女の子を出産したころにさかのぼる。名前のほうは異端審問あるいは十字軍――喜んでムスリムの墓地に馬で乗りいれる子供たち――の最盛期を想いおこさせる。ひときわ大きな墓石のなかには、マサチューセッツのとある町で魔女狩りを祝ったものもある。屋敷がほかの世紀から間借り人を受けいれるうちに、墓標はひとつ残らず順番に沈んでいった。石の下に横たわっているものを知るのは、一匹の小さな齧歯類(げっしるい)と、一匹のさらに小さな蜘形類(アラクニド)だけだった。しかし、ティモシーが息を呑んだのは、アンジェリーナ・マーガレットという名前のせいだった。それは舌にそっと呪文をかけた。美の味わいだった。

「いつごろ亡くなった女(ひと)？」とティモシーはたずねた。

「どうせ訊くなら」と父さんが答えた。「いつごろ生まれるのだな」

「でも、ずっとむかしに生まれたんでしょう」とティモシー。「日付はよくわからないけど、たしかに――」

「たしかに」とダイニング・テーブルの上座にすわる長身で痩(や)せこけた青白い男がいった。一時間ごとに背丈がのび、痩せこけていくのだ。「わたしのこの耳と神経がおかしくないとしたら、たしかに彼女は再来週までにまちがいなく生まれるだろう」

「再来週までって何日くらい？」とティモシー。

父さんがため息をつき、

「調べてごらん。彼女は墓石の下にいつまでもいないだろう」

「どういうこと――？」

「見張っていなさい。墓標がぐらぐらし、地面がふるえれば、とうとうアンジェリーナ・マーガレットに会えるだろう」

「その女は名前とおんなじくらいきれいなの？」

「ああ、もちろんだ。しわくちゃ婆さんが若返り、何年もかけて美しさをとりもどすのを待つなんてご免だよ。運がよければ、彼女はカスティリアの薔薇だろう。アンジェリーナ・マーガレットが待っている。目をさましたかどうか見にいきなさい。い、い、いますぐ！」

ティモシーは走った。一匹の小さな友は頰にはりつき、もう一匹はブラウスのなか。三匹めはあとをついてくる。

「ねえ、アラク、マウス、アヌバ」古くて暗い屋敷を小走りにぬけながら、ティモシーはいった。「父さんはなにがいいたかったんだろう？」

「静かに」と八本脚が耳もとでカサカサと音をたてた。

「耳をすまして」とブラウスからひびく声。

「わきへ寄って」と猫がいう。「わたしを先に行かせなさい！」

乙女の頰のようになめらかな青白い石の立つ墓へたどり着くと、ティモシーはひざまずき、なかに織り手が隠れているほうの耳をひんやりした大理石に押しつけた。おかげでティモシーにも蜘蛛にも聞こえるはずだった。

ティモシーは目を閉じた。

最初は——石の沈黙。

もういちど。やはりなにも聞こえない。

と、彼は混乱してはね起きそうになった。耳もとでむずむずする感じがあったのだ。

それはこういっていた――待って。

そして地中深くで、埋葬された心臓の鼓動ひとつと思えたものが鳴った。

膝の下の土が、三度すばやく脈打った。

ティモシーはあとずさりした。

「父さんのいったとおりだ！」

「そのとおり」と耳もとでささやく声。

アヌバは喉をゴロゴロいわせた。

そのとおり！

彼は青白い墓石のもとへもどらなかった。というのも、あまりにも恐ろしく謎めいていたので、わけもわからずに泣いてしまったからだ。

「ああ、なんてかわいそうな女」

「かわいそうじゃないわ」と母親がいった。

「でも、死んでるんだよ！」

「でも、そう長いことではないわ。辛抱しなさい」

それでも墓を訪れることはできなかった。かわりに使者を送って、ようすをさぐってこさせた。

心臓の鼓動は力強さをましていた。地面はぴくぴくとふるえた。ティモシーの耳のなかでタピストリーがひとりでに織りあげられた。ブラウスのポケットがもぞもぞした。アヌバがぐるぐると走りまわった。

そのときが迫っている。

そして嵐があがったばかりの長い夜がなかば更けたころ、稲妻が墓地を突き刺し、にぎやかに祝福するなか——

アンジェリーナ・マーガレットが生まれた。

午前三時、魂の真夜中に、ティモシーが窓の外に目をやると、木とあの特別な墓石に通じる小道で一列にならぶ蠟燭（ろうそく）の光が見えた。

片手に燭台（しょくだい）を握った父さんが、ちらっと顔をあげ、手招きした。パニックを起こそうと起こすまいと、ティモシーも出席しなければならないのだ。

彼が到着すると、一族が墓を囲んでいた。蠟燭がゆらゆらと燃えている。

父さんがティモシーに小さな道具をわたした。

「埋める鋤（すき）もあれば、掘りだす鋤もある。大地に鋤をいれる最初の者になりなさい」

ティモシーは鋤をとり落とした。

「拾うんだ」父さんがいった。「やりなさい！」

ティモシーは鋤を土盛りに突きたてた。心臓の鼓動がドキンドキンと鳴りひびく。墓石にひびが走った。

「よし！」

つぎに父さんが掘った。ほかの者たちがつづき、とうとう見たことがないほど美しい金色の柩（ひつぎ）が姿をあらわした。ふたにカスティリア王家の紋章がついている。柩は木の下に置かれ、笑いさざめく声があがった。

「どうして笑ったりできるのさ？」ティモシーは叫んだ。

「かまわないのよ」と母親がいった。「死に打ち勝ったんだから。いっさいが裏返しになったの。埋葬されるんじゃない。墓から掘りだされたんだもの、大いに喜んでいいのよ。ワインをとってきて！」

彼は二本の瓶を持ってきて、一ダースのグラスにワインを注いだ。グラスがかかげられるなか、一ダースの声がつぶやいた。

「さあ、出（いで）よ、アンジェリーナ・マーガレット、乙女として、少女として、赤子として、さらにまた子宮へ、時のはじまる前の久遠（くおん）へと！」

それから箱があけられた。

ピカピカのふたの下に敷きつめられていたのは――

「タマネギ⁉」ティモシーが声をはりあげた。

そのとおり、ナイルの川岸から草の洪水があふれたかのように、タマネギが春の緑とみずみずしさとかぐわしさを空気にはなっていた。

そしてタマネギの下に――

「パンだ！」とティモシー。

焼かれて一時間とたっていない十六の小さなパン、箱のように四角い金色の皮にくるまれたパンと、イーストと温かなオーヴンがわりの箱のにおい。

「パンとタマネギ」とエジプトの衣裳をまとった最長老のおじが、身を乗りだして園芸用の箱のなかを指さしながらいった。「わしがこのタマネギとパンを植えた。ナイルを下り忘却へいたるのではなく、ナイルをさかのぼって根源へいたる長旅のあいだ、一族が、さらには種子のときが、ひと月ごとに熟れて千の芽をだすザクロが、命の輪にとり巻かれ、百万の産声をあげる。だからこそ……？」

「パンとタマネギだ」ティモシーが笑顔の仲間いりをした。「タマネギとパンだ！」

タマネギがわきへのけられ、その近くにパンが集められると、箱のなかの顔にかぶさった蜘蛛の糸のヴェールがあらわになった。

母さんが手をふった。

「ティモシー？」

「いやだ！」ティモシーは尻ごみした。

「彼女は見られるのをこわがっていない。おまえは見るのをこわがってはいけない。さあ」

彼はヴェールを握って、引っぱった。

ヴェールがひと筋の白煙のように宙にふわりと浮かび、吹きとばされた。

するとアンジェリーナ・マーガレットが、顔を蠟燭の光にむけ、目を閉じ、口もとをかすかにほころばせて、そこに横たわっていた。

彼女は喜びであり、愉悦であり、べつの時代から梱包されて運ばれてきた、かわいらしいおもちゃだった。

蠟燭の光がその姿を見てわなないた。一族は地震なみの反応を知った。感嘆の声が暗い空中にあふれ出た。どうすればいいか見当もつかず、彼らは金色の髪、高く美しい頰骨、アーチを描く眉毛、こぶりで完璧な耳、満足げだが、自己満足しているわけではない口に見とれた。千年の眠りからさめたばかりの胸は、すらりとした小山、手は象牙のペンダントさながら、足はこぶりでキスされたがっており、靴などいらないように思える。おお、この足なら彼女をどこへだって運んでいくだろう！

どこへだって！　とティモシーは思った。

「さっぱりわからないや」彼はいった。「どうしたらこんなことがあるの？」

「あるのよ」と、だれかがささやき声でいった。

そのささやき声をもらしたのは、よみがえったこの生きものの息づいている口だった。

「でも――」とティモシー。

「死は神秘的なもの」と母さんがティモシーの頰をなでた。「命はそれに輪をかけて神秘的。選びなさい。命の終わりに塵となって吹きとばされるにしろ、若い盛りでやってきて、誕生へとさかのぼり、誕生に吞みこまれるにしろ、どっちにしても奇妙よりもずっと奇妙ではないかしら？」

「うん、でも――」

「受けいれなさい」父さんがワイングラスをかかげた。「この奇跡を祝いなさい」

そしてティモシーはたしかに奇跡を目のあたりにした、この時の娘を、その若返っていく、そう、見まもるうちにもいっそう若返っていく若さあふれる顔を。まるでおだやかに流れ、ゆるやかに過ぎていく清流の下に横たわり、影と光のさす頰を洗われ、まぶたをふるわされ、肉体を清められているかのようだった。

この瞬間、アンジェリーナ・マーガレットが目をあけた。その目は、こめかみの繊細な血管とおなじ淡い青色をしていた。

「さて」彼女はささやき声でいった。「これは誕生なの、それとも再生なの？」

静かな笑い声を全員がもらした。

「どちらでもあり、どちらでもありません」ティモシーの母親が手をのばした。「ようこそ。ゆっくりなさっていってください。あなたは、じきに崇高な運命にむかって旅立つ身なのですから」

「でも」ティモシーはなおも抗議した。

「疑ってはだめ。ただそうなっているのよ」

一分前より一時間若返ったアンジェリーナ・マーガレットが、母さんの手をとった。

「蠟燭を立てたケーキはあるかしら？　これはあたしのはじめての誕生日、それとも九百九十九回めかしら？」

答えを探して、さらにワインが注がれた。

夕焼けが愛されるのは、消える運命にあるからだ。

花が愛されるのは、散る定めにあるからだ。

野原の犬と台所の猫が愛されるのは、じきにいなくなるからだ。

これしか理由がないわけではないけれど、朝の歓迎と昼の笑い声の核心は、別れの約束である。老犬の灰色の鼻面に見えるのはさよなら。老友の疲れた顔に読みとれるのは、帰ってこられない長旅。

それはアンジェリーナ・マーガレットと一族にもあてはまったが、とりわけティモシーにあてはまった。

　ふたりがその上を歩いたり、走ったりする大広間の絨毯には「生きるなら急げ」というモットーが刺繍（ししゅう）されていた。一日の毎時間、毎分がこの愛らしい乙女を中心にまわった。というのも、ふたりが目をこらし、手をさしだして、この際限のない、けれども美しい逆行現象を食いとめようとしているあいだにも、彼女は十九歳から十八歳と六カ月、十八歳と三カ月へとさかのぼっていくのだから。

「待ってよ！」ある日ティモシーが叫んだ。目の前で彼女の顔と体が美から美へ溶けているのだ。ちょうどともったら、けっして消えない蠟燭のように。

「つかまえられるものなら、つかまえてごらんなさいよ！」そういうとアンジェリーナ・マーガレットは、べそをかきながら追いかけるティモシーとともに牧草地を駈けぬけた。

　へとへとになった彼女は、大きな笑い声をあげて倒れこみ、ティモシーがそばに身を投げるのを待った。

「つかまえた！」彼は大声でいった。「もう逃がさないぞ！」

「無理よ」彼女はやさしくいうと、ティモシーの手をとった。「絶対にね、いとこのぼく。よく聞いて」

それから説明した——

「あたしはほんのしばらくこの状態、十八歳でいるわ。それから十七歳と十六歳でいるのは、もっと短いあいだなの。ああ、ティモシー、これくらいの歳でいるあいだに、あたしはあっちの町で行きずりの恋、つかのまのロマンスを見つけなくてはいけないの。しかも、あたしがこの丘、さもなければこの屋敷からやってきたことを知られずに、ほんのしばらくのあいだ喜びに身も心もゆだねなければならないのよ。そのあとあたしは十五歳、十四歳、十三歳、それから月のものがはじまる前の十二歳になり、それからなにも知らないけれど幸福な十一歳——それにもまして幸福な十歳になるの。けれども、ティモシー、せめてあともどりする途中のどこかで、あなたとあたしが結ばれ、友情のしるしに手をつなぎ、喜びにあふれて体をあわせられたら、どんなにすてきだったでしょうね？」

「なんのことだかわかんないよ！」

「あなたはいくつ、ティモシー？」

「十歳のはずだけど」

「ああ、道理で。だからあたしのいってることがわからないのね」

彼女はいきなり前かがみになり、ティモシーの唇にたっぷりとキスをした。おかげで彼の鼓膜が破れ、頭のやわらかいところがずきずきした。

「いまのでいくらか想像がついたかしら、あたしを愛さないと手にいれそこなうのがどんなものか」

ティモシーは頭のてっぺんから爪先まで真っ赤になった。彼の魂は体から飛びだし、嵐にもまれてあわててもどってきた。

「なんとなく」と蚊（か）の鳴くような声でティモシー。

「最後には、あたしは出ていかないといけないの」

「そんなのないよ」とティモシーは叫んだ。「どうして?」

「そうしないといけないの、いとこのぼく、もし一カ所に長くとどまりすぎれば、月日がたつにつれ、気づかれてしまうから、十月には十八歳で、十一月には十七歳、それから十六歳、クリスマスのころには十歳、春には二歳、それから一歳、そのあとは身ごもってくれる体をなんとか探しあてて、その子宮に引きこもり、永遠を訪れることを。だれもがそこからやってきて、時を訪れ、久遠に消えるのよ。シェイクスピアがいったように」

「そういったの?」

「命は眠りに囲まれた訪問よ。ふつうとはちがうあたしは、死という眠りからやってきたの。走るのは、命という眠りに隠れるため。来年の春、あたしはどこかの乙女か人妻、出会いに焦がれて、命を生みだせるほど熟れた女（ひと）の蜂（はち）の巣にたくわえられた種になるでしょう」

「あなたは変わってるね」とティモシー。

「とってもね」

「世界がはじまってから、あなたみたいな人はたくさんいたの?」

「ほとんど知られていないわ。でも、墓から生まれて、どこかの幼い花嫁のザクロの迷路に埋められるなんて、幸運じゃなくて?」

「みんなが祝ってたのも無理ないや。あんなに笑ったのも!」とティモシー。「それにワイン!」

「無理ないわ」アンジェリーナ・マーガレットはそういうと、もういちどキスしようと身をかがめた。

「待ってよ!」

手遅れだった。彼女の唇が彼の唇に触れた。かっと血が昇って耳が真っ赤になり、首が燃え、脚が折れて、もとどおりになり、心臓が乱打してせりあがり、顔全体を深紅に染めた。大きなモーターが股間で始動し、名前のないまま停止した。

「ああ、ティモシー」彼女はいった。「あたしたちがほんとうに出会えないなんて、残念のきわみだわ。あなたは墓へ進みつづけ、あたしは肉体と出産のやさしい忘却へ進みつづけるのね」

「うん」とティモシー。「残念だ」

「さよなら（グッドバイ）の意味を知ってる？　神のご加護を（ゴッド・ビー・ウイズ・ユー）っていう意味なのよ。さよなら、ティモシー」

「なんだって⁉」

「さよなら！」

そして彼がよろよろと立ちあがる暇もなく、彼女は屋敷に駈けこみ、永久に姿を消してしまった。


風の便りに聞いたところでは、のちに十七歳くらいの彼女が村で見かけられたという。その一週間後には田園地帯を横切ったところにある町で、十六歳になり、もっと若返ったところが。そのつぎはボストン。歳は？　十五歳だ！　そのあとはフランス行きの船の上、十二歳の少女。

そこから彼女の足どりは杳（よう）として知れなかった。まもなく一通の手紙がとどいた。それによると、五歳の子供がプロヴァンスに何日か滞在したらしい。マルセイユからきた旅人によれば、ある女性の腕に抱かれて通りかかった二歳の子供が、けらけらと笑って、どこかの田舎、どこかの町、ある木、ある屋敷にまつわる不明瞭なメッセージを伝えたという。だが、それは意味のない音だったという者もいた。

アンジェリーナ・マーガレットの旅路の果ては、イリノイを通りかかったあるイタリア人伯爵によって伝えられた。州中部の宿屋でご馳走と年代ものワインを味わいながら、彼はあるローマの伯爵夫人との印象深い出会いについて語った。夫人は妊娠しており、身ごもっている体は丸々として、はち切れそうだった。その目はアンジェリーナの目、その口はマーガレットの口、魂の輝きはその両方のものだったという。だが、いまいちどいおう、ばかばかしい！

灰は灰に、塵は塵に還るはずではないか？

ある晩、夕餉の席で一族に囲まれていたティモシーが、ナプキンで涙をぬぐいながら、いった。

「アンジェリーナは天使みたいっていう意味だよね？　それにマーガレットは花だよね？」

「そうとも」とだれかがいった。

「それなら」とティモシーはつぶやいた。「花と天使だ。灰は灰にじゃない。塵は塵にじゃない。天使と花に還るんだ」

「彼女のために乾杯しよう」と全員が声をそろえた。

そして彼らは乾杯した。

第十九章　煙突掃除

しかし、彼らはそれ以上のものなのだ。

うつろになり、ぐずぐずし、わめきながら下り、ふわりと浮きあがったが、じっさい煙突管と煙道の掃除をしたわけではなかった。

煙道に居すわったのだ。彼らは遠い場所からやってきて、そこに住みついた。彼らがエーテルなのか、霊魂の成れの果てなのか、亡霊のなごりなのか、光と影と眠りのかもしだす雰囲気なのか、目をさました魂なのか、だれにもわからない。

彼らは雲に、夏の入道雲に宿って旅をし、嵐が起これば轟音(ごうおん)をあげる落雷に宿って落下した。あるいは、巻雲や高層雲の世話にならずに、広々とした空の草地にやってきて、何エーカーもの小麦をなぎ倒したり、まるで最終目的地をのぞき見るかのように、舞い落ちる雪のヴェールをめくったりするところを見られることもしばしばだった。目的地とは、屋敷と九十九本の――一説には百本ともいう――煙突だ。

九十九ないし百本の煙突は、空にむかってあんぐりと口をあけ、満たしてほしい、餌をあたえてほしいとせがんでいる。このまったくの空洞が、四方八方から通りすぎるそよ風と移りかわる天気をかたっぱしから引きこんだのだ。

こうして形がなく目に見えない風が、ひとつまたひとつとやってきた。もとの天気の面影を残したまま。もし彼らに名前があるとすれば、モンスーンかシロッコ（サハラ砂漠から地中海沿岸に吹く熱風）かサンタアナ（カリフォルニア南部の砂漠に吹く熱風）だった。そして九十九ないし百本の煙突の許しを得て、彼らは移動し、さまよい、落下して、煤けた煉瓦のなかに夏至の気温と冬の突風を住まわせ、八月の昼下がりにみずからをふたたび呼びよせ、肌をなでるそよ風か、瀕死の魂のような音をたてる深夜の音か、あるいはまた憂鬱に呻吟する音の反響、すなわち命の半島のはるかかなたにひびきわたる霧笛、岩礁に乗りあげて遭難した千人の葬儀で歌われる、海に葬られる者の哀歌となった。

彼らは集会のずっと前、そのあいだ、そのずっとあとにやってきて、本質をまぜあわせることなく、暖炉から出たり煙道を昇ったりした。猫のように泰然自若としており、仲間や糧のいらない点では偉大な猫族の同類だった。というのも、みずからを餌とし、満腹しきっていたから。

たしかに彼らは猫に似ていた。外へブリディーズ諸島（スコットランド西方の諸島。本土に遠いほうを外へブリディーズと呼ぶ）から出発したり、シナ海でめざめたり、捨て鉢な気分でケープから大あわてのハリケーンとなって飛んできたり、凍える息をかかえて南へ急ぎ、メキシコ湾を暴れまわる火の息と出会ったりするのだから。

かくして煙道は屋敷じゅうで満員だ。最古の嵐を知っており、その恐ろしさを話してくれる記憶という風でいっぱいなのだ。下で薪(まき)に火をつけさえすればの話だが。あるいは、ティモシーの声があれこれの煙道を駈けのぼれば、ミスティック港の冬が涙声で物語るか、西へ移動中のロンドンの霧が、唇のない口でその陽の射さない昼と見通しのきかない夜の話をささやき、つぶやき、小声でもらしてくれるだろう。

だれもが口をそろえていうには、そのとき九十九種類、たぶん百種類のせわしない天気の精が屋敷にいた。恰好の下宿を探しあてた気温の部族、太古の空気、最近の熱風と寒風が隠れひそみ、雨で濡れそぼった風にコルク栓のように引きぬいてもらい、さわやかな嵐の回転木馬に乗るのを待っているのだ。そのとき屋敷は、声はすれども姿の見えない低い声、純粋な空気の意見をしまっておく巨大なワイン貯蔵所となった。

眠れないとき、ティモシーはあれこれの暖炉に横たわり、煙道に声をかけて、真夜中の仲間を呼びだし、世界をわたる風と話すことがある。そのとき彼は仲間を知る。煉瓦壁に囲まれた煙道をおりた霊魂の物語が、光のない雪のなかをただよい、彼の耳にふれ、アラクにヒステリーを起こさせ、マウスの胸を高鳴らせ、風変わりな友だちを猫らしく認めたアヌバにいずまいを正させるのだ。

こうして屋敷は目に映るものと、どうしても目に映らないものの家となった。一族の部屋は、すべての時間とあらゆる場所からきたそよ風と風と気象を慰めるもので閉ざされた。

煙道のなかの見えないものたち。

昼下がりの思い出。

宙に消えた夕焼けの語り手。

九十九ないし百本の煙突。どれもからっぽだ。

彼らをべつにすれば。

第二十章　旅人

空が白みはじめるころ、父さんはセシーの屋根裏部屋をのぞいた。彼女は川床の砂の上にひっそりと横たわっていた。父さんは首をふり、彼女を手で示した。

「まあ、あんなふうに寝ていて、なにか取り柄があるんだったら、ポーチの窓にかかったカーテンをむしゃむしゃ食べてやるよ。ひと晩じゅう寝ていて、朝飯を食べれば、また一日じゅう寝て過ごすとはな」

「それはそうだけど、役に立つのよ！」母さんは弁護すると、眠りをむさぼっているセシーの青白い姿から父さんを引きはなし、階下へ連れていった。「それどころか、一族のなかではいちばん忙しいひとりだわ。あなたの兄弟になにか取り柄があるの、一日じゅう寝ていて、なんにもしないのに」

ふたりは黒い蠟燭のにおいのなかをすべるようにおりていった。ふたりが通りかかると、手すりの黒い紗がさらさらと音をたてた。

「それはいいんだ、働くのは夜なんだから」父さんはいった。「われわれが――いってみれば——時代遅れだとしても、しかたがないじゃないか」

「もちろんそうよ。一族のだれも彼もが当世風とはいかないわ」

母さんが地下室のドアをあけ、ふたりは暗闇のなかへおりていった。

「わたしがまるっきり眠らなくてすむ質（たち）で、ほんとうによかったわ。あなたが夜に眠る人と結婚してたら、なんて結婚生活になってたでしょうね！　わたしたちひとりひとりが、かけがえない存在なの。なみはずれてるのよ。一族とはそういうもの。セシーみたいに、心を飛ばす者もいる。それから、翼の生えたアイナーおじさんもいれば、平凡で世間なみのティモシーもいる。あなたは昼間眠るし、わたしは生まれてから死ぬまでずっと起きている。だから、セシーだって理解できないはずはないわ。あれでいろいろと役に立ってくれるのよ。心を飛ばして、八百屋までお使いに行ってくれるんだから！　さもなければ、肉屋の頭に乗り移って、お肉が新鮮かどうか調べてくれるの。悪い噂が広がって、午後をだめにしてしまいそうなときには、前もって教えてくれるし。あの子は旅するザクロみたいに飛ぶ予定がぎっしりつまってるの！」

ふたりは地下室のなか、大きなからっぽのマホガニー製柩（ひつぎ）のそばで足を止めた。父さんはそのなかにもぐりこんだ。

「だけど、もうすこしみんなのためになることをしてくれたって罰はあたらんさ。ほんとうの仕事を見つけろと、あの子にいわなきゃいかんな」

「お眠りなさい。日暮れまでには気が変わるかもしれないわ」

彼女は父さんの上にふたをおろそうとした。

「とにかく」彼はいった。

「朝がきたから休むよ」そういう声がくぐもり、閉じこめられた。

陽が昇った。彼女は急いで二階(うえ)へあがった。


セシーは深い夢を見ていた眠りからさめた。

現実に目をやり、自分が選び、必要とする世界は、奔放で特別な自分だけの世界のほうだとつくづく思った。乾燥しきった砂漠のような屋根裏のぼんやりした輪郭はなじみ深く、それをいうなら夕暮れどきの階下の物音——みなが動きだし、ざわめいたり、翼をはためかせている音——もおなじだったが、昼下がりのいまは、ありふれた世界が当然そうであるようにしーんと静まりかえっていた。太陽は中天にかかり、彼女の夢見るベッドがわりのエジプトの砂は、彼女の心が謎めいた手でさわり、そこに旅の地図を描きだすのを待っているだけだった。

彼女はこのすべてを感じとり、知った。そういうわけで夢見る者の微笑を浮かべると、長く美しい髪を枕がわりにしてまた横たわり、眠り、夢を見て、その夢のなかで……。

旅をした。

彼女の心はするりとぬけだし、花の咲き乱れる庭、野原、緑の丘を越え、眠たげな町の古い通りを越え、風に乗り、谷間の湿ったくぼみを通りすぎた。一日じゅう、こうして空を飛び、あてもなくさまようのだ。彼女の心は毛むくじゃらの犬にピョンとはいりこんで居すわる。そして美味しい骨を味わい、ツーンとくる尿のにおいをさせた木のにおいをかぎながら、犬が聞くように聞き、犬が走るように走り、満面に笑みくずれるのだった。それはたんなるテレパシーではない。一本の煙道を昇り降りしているわけではない。それは怠惰な猫に飛びこみ、しわくちゃ婆さんに飛びこみ、石蹴り遊びをする女の子に飛びこみ、朝のベッドにいる恋人たちに飛びこみ、それからまだ生まれていない赤ん坊のピンク色をした小さな夢見る脳に飛びこむことなのだ。

今日はどこへ行こう？

決めた。

そっちへむかう！

まさにこの瞬間、静まりかえった階下の屋敷に怒れる狂気がなだれこんできた。ひとりの男、会えば一族のだれもが逃げだし、みずからの真夜中に引きこもるという評判の気のふれたおじ。トランシルヴァニアの戦乱と、敵をはらわたまで杭に刺して、宙ぶらりんのまま放置しておき、身の毛もよだつような死にいたらしめた狂える荘園領主の時代に生まれたおじ。このおじ、悪逆王ジョンは、数カ月前にヨーロッパ南部の辺境からやってきて、その腐敗した人格と恐怖に満ちた過去をおさめる部屋などないと知らされたのだった。一族は風変わりであり、たぶん奇々怪々（ウートレイ）であって、ある程度は俗悪であったが、災いでも、疫病でもなく、彼が深紅の目、剃刀（かみそり）のような歯、かぎ形に曲がった爪、そして串刺しにされた百万の魂の声で表しているような虐殺でもなかった。

彼の狂気が昼下がりの静寂につつまれた屋敷――ティモシーと母親だけが起きていて、ほかの者たちが太陽を避けて眠っているあいだ、ふたりは見張りを務めている――になだれこんだつぎの瞬間、恐怖王ジョンは肘（ひじ）でふたりを押しのけると、大声でわめきたてながら階段を登り、セシーのまわりの夢見る砂に怒りをぶちまけ、平和な彼女のまわりにサハラの砂嵐を起こした。

「ちくしょう！」彼は怒鳴った。「あの娘（こ）はいないのか？　くるのが遅すぎたのか？」

「さがりなさい」闇の母がティモシーを連れて狭苦しい屋根裏へあがってきた。「目が見えないの？　あの娘は出かけていて、何日も帰ってこないかもしれないわ！」

恐怖王ジョン、悪逆王ジョンは、眠れる乙女にむかって砂を蹴った。彼女の手首を握り、隠れた脈拍をさぐる。

「ちくしょう！」彼はまた怒鳴った。「呼びもどせ！　この娘がいないと困るんだ！」

「いったでしょう！」母さんは進みでた。「さわってはいけないの。いまいるところにとり残されてしまうわ」

ジョンおじが首をめぐらせた。そのこわばった長い赤ら顔は、あばただらけで、正気とは思えなかった。

「どこへ行った？　なんとしても見つけだすぞ！」

母さんが声を低めていった。

「見つかるとしたら、谷間を走っている子供のなかかしら。小川の岩の下にいるザリガニのなかかしら。それとも、郡役場前の広場でチェスを指している年寄りの顔の裏かしら」母親の口もとに意地悪そうな表情が浮かんだ。「いまここにいて、あなたを見ながら、こっそりと笑っているかもしれないわね。こうして話しながら、ひどく面白がっているかもしれないわ」

「なんだって――」彼は重々しく体をまわした。「そうと知っていたら――」

母さんは静かな声でつづけた。

「もちろん、ここにはいないわ。もしいたとしても、わかりっこないし」その目が繊細な悪意できらめいた。「どうしてあの娘がいないと困るの？」

彼は遠くで鳴りひびく鐘の音に耳をすました。腹立たしげに首をふり、

「なにかが……なかに……」ことばをとぎれさせる。眠っている彼女の温かな体にかがみこみ、「セシー！　もどってこい！　その気になれば、もどってこれるはずだ！」

陽射しを受けた窓の外側を風がそっと吹きぬけた。セシーの静かな腕の下で砂がさらさらと移動した。遠くで鐘がまた鳴りひびき、彼は遠いかなたの眠たげな夏の日の音に耳をすました。

「あの娘のおかげで頭がいかれそうだった。このひと月、ろくでもない考えがつぎつぎと湧いてきたんだ。列車に乗って、都会へ助けを求めに行こうとした。でも、セシーならこの不安をつかまえられる。蜘蛛の巣を払って、おれを真新しくしてくれる。わかったか？　あの娘に助けてもらうしかないんだ！」

「一族にあれだけの仕打ちをしたあとで？」と母さん。

「なにをしたっていうんだ！」

「ここに部屋が足りなかったとき、破風までぎゅう詰めだったとき、あなたはわたしたちをののしって――」

「おれはいつも嫌われ者だった！」

「たぶん、あなたがこわいからでしょう。身の毛もよだつような経歴をお持ちだから」

「毛嫌いする理由にはならん！」

「立派な理由よ。たとえそうでも、部屋さえあれば――」

「嘘だ。嘘だ！」

「セシーは力を貸さないでしょう。一族だって認めるはずがないわ」

「一族なんかくそくらえ！」

「もうくらわされたわ。あなたを拒んでから、このひと月で何人かが姿を消してしまった。あなたが町で噂を広めていたのよ。町の人がわたしたちを追いたてにくるのは、ただの時間の問題ね」

「くるかもしれん！　おれは酔っぱらって、べらべらしゃべる。おまえたちが助けてくれないかぎり、もっと酔っぱらうかもしれん。あのいまいまし鐘の音め！　セシーならあれを止められるんだ」

「その鐘は」と、ひとり怒りに燃える女がいった。「いつはじまったの？　いつからそれを聞きはじめたの？」

「いつからかって？」彼はいったんことばを切り、まるで頭のなかを見ようとするかのように、目玉を裏返した。「おまえたちに締めだされたときからだ。おれが町へ行って──」そこでぴたっと口を閉ざす。

酔っぱらい、しゃべりすぎて、わたしたちの屋根のまわりに吹く風のむきをおかしくしたときね？」

「そんなことはしなかったぞ！」

「顔に書いてあるわ。あなたはあることをしゃべり、もうひとつのことをしゃべりそうになっているのよ」

「それなら、聞け」と恐怖王ジョン。「聞くんだ、夢を見てるやつ」とセシーを見つめ、「もし日暮れまでにもどってきて、おれの心を揺さぶり、頭をすっきりさせてくれなかったら……」

「あなたの手もとには、わたしたちがいちばん大切に思う人のリストがあるわ。それを書きかえ、酔っぱらった舌で公表するのね？」

「そういったのはあんただ、おれがいったんじゃない」

彼は口をつぐみ、目を閉じた。遠い鐘の音、神聖きわまる鐘の音がまた鳴っていた。ひたすら鳴りつづけた。

彼はその音に負けないように叫んだ。

「聞こえたな！」

あとずさると、屋根裏から飛びだしていった。

彼の重い靴音が遠ざかり、階下へおりていった。騒音が聞こえなくなると、青ざめた女が音もなくふりかえり、眠れる者を見た。

「セシー」彼女はそっと呼びかけた。「帰っておいで！」

沈黙だけがあった。母親が待っているあいだ、セシーは身動きせずに横たわっていた。

恐怖王ジョン、悪逆王ジョンは、さわやかで広々とした田園地帯を大股にぬけ、町の通りにはいった。セシーを探して、アイス・キャンディーをなめている子供や、どこへとも知れぬところへ一心に駈けていく白い子犬をかたっぱしからのぞきこんでいく。ジョンおじは立ちどまると、ハンカチで顔をぬぐった。おれはびくついている、と彼は思った。びくびくしている。

高い電話線にならんだ鳥が、モールス信号を形作っていた。あの娘は鋭い鳥の目でこちらを見おろし、羽根をこすりあわせたり、歌ったりしながら、おれを笑っているのだろうか？

眠たげな日曜の朝のように、頭のなかの谷間で遠い鐘の音が鳴りひびいた。彼は、青白い顔のただよう暗黒のなかに立ちつくした。

「セシー！」と、あらゆるもの、あらゆる場所にむかって叫ぶ。「おまえならおれを助けられるのはわかっているんだ！　揺すってくれ！　揺さぶってくれ！」

繁華街に立ち、煙草屋の店先にあるインディアンの像に話しかけながら、ジョンは激しく頭をふった。

もし彼女が見つからなかったら？　もし風にエルギン（イリノイ州北東部の都市）まで運ばれたセシーが、大のお気にいりの場所で時間を過ごしているとしたら？　精神病院で、いま患者の紙吹雪のような思考に触れ、かきまわしているとしたら？

昼下がり、遠くはなれたところで大きな金属の笛が鳴り、あたりにこだました。蒸気をたなびかせながら、列車が谷間の鉄橋にさしかかり、冷たい川を越えていき、実り豊かなトウモロコシ畑をぬけ、トンネルにはいり、つやつやしたクルミの木が作るアーチをくぐった。ジョンはびくびくしながら立っていた。セシーが機関士の頭という客室に隠れているとしたら？　彼女はあの怪物めいた機械に乗るのが大好きなのだ。汽笛のロープを引いて、眠っている夜の土地や、眠たげな昼間の田園に金切り声をひびかせるのが好きなのだ。

彼は影になった通りを歩いていった。目の隅に、イチジクのようにしわくちゃで、アザミの種のように裸の老女が、胸にヒマラヤスギの杭を打ちこまれて、サンザシの木の枝のあいだに浮かんでいるのが見えた気がした。

なにかが絶叫し、彼の頭にぶつかった。舞いあがった一羽のクロツグミが、髪の毛をむしっていったのだ。

「ちくしょう！」

見ると、鳥はつぎの機会をうかがって旋回している。

ヒューという音がした。

彼はつかまえた。

鳥をつかまえたのだ！　そいつは手のなかでけたたましく鳴いた。

「セシー！」彼は檻（おり）になった指と、黒い野生の生きものにむかって叫んだ。「セシー、助けてくれないと、殺してしまうぞ！」

鳥が金切り声をあげた。

彼は指をぎゅっと握った、力いっぱい!

死骸を捨てると、そこから立ち去り、あとをふりかえらなかった。

彼は谷間にはいり、小川の岸に立つと、一族が狂ったように右往左往して、なんとか自分から逃げようとしているのを思って笑い声をあげた。

BB弾のような目が、水中深くからこちらを見あげていた。

焼けつくように暑い夏の昼下がりに、セシーは、灰色のやわらかな殻につつまれた、ザリガニの大顎のついた頭によくはいりこみ、糸に似た敏感な触角の先の黒い卵形の目から外をのぞきながら、涼しいヴェールにつつまれ、光をとらえ、小川のよどみない流れを感じるのだった。

彼女が近くにいるかもしれない、と思いあたった。リスかシマリスのなかに、それどころか……なんてこった、考えてもみろ!

うだるような夏の昼下がり、セシーはアメーバに宿り、台所の井戸の黒っぽい水底でたゆたいながら、もの思いにふけるのだった。世界が地上のものひとつひとつに刻印を押す熱の悪夢を見ている日には、ひんやりした井戸の水面下に横たわり、夢見心地で揺られるのだった。

ジョンはつまずき、小川の水に倒れこんだ。

鐘の音がますます大きくなった。そしてこんどは、死体がひとつまたひとつと列になってわきを流れていくように思えた。マリオネットのようにただよっていく白い芋虫のようなもの。わきを通りかかるたびに、流れにもまれてその頭が浮き沈みし、その顔がこちらをむく。あらわれ出るのは、一族の顔だった。

彼は水中にすわったまま、むせび泣きはじめた。やがて身をふるわせながら立ちあがり、小川から出ると、丘を登った。するべきことはひとつしかない。

その午後遅く、悪逆王ジョン、恐怖王ジョンはよろよろと保安官事務所にはいった。立っているのがやっとで、その声はかすれたささやき声だった。

郡保安官はデスクから足をおろすと、目をギラギラさせた男が息をととのえ、しゃべりだすのを待った。

「ある一族のことを報告しにきた」と彼はあえぎ声でいった。「罪深く邪悪な一族で、隠れ住んでいる。見えるけれど目に見えず、ここにも、そこにも、あそこにもいる」

保安官はいずまいを正した。

「一族だって？　それもよこしまな一族だと？」鉛筆をとりあげ、「そいつらの住所は？」

「住所は――」目をぎらつかせた男はことばをとぎれさせた。なにかが胸のなかをなぐったのだ。まぶしい光が目を焼いた。彼は体をぐらつかせた。

「名前を教えてもらえるかい？」おだやかな好奇心をのぞかせて、保安官が訊いた。

「名前は——」またしても痛烈な一撃が、横隔膜に加えられた。教会の鐘が爆発したような音で鳴った！

「あんたの声、なんてこった、あんたの声！」ジョンは叫んだ。

「わたしの声がどうした？」

「まるで——」ジョンは保安官の顔のほうへ片手を突きだし、「まるで——」

「まるでなんだ？」

「あの娘の声みたいだ。あの娘があんたの目のうしろに、顔の奥に、舌の上にいるんだ！」

「面白いことをいう」と恐ろしく静かな猫なで声で、保安官が薄笑いを浮かべながらいった。「あんたは名前を教えてくれるところだった、ある一族の、ある場所の——」

「無駄だ。あの娘がいるとしたら。あんたの舌があの娘の舌だったとしたら。なんてこった！」

「試してみろよ」と保安官の顔の内側にいる耳に心地いい、やさしい声がいった。

「一族がいるんだ！」と体をふらつかせながら、やつれきった男は叫んだ。「屋敷があるんだ！」

また胸に一撃をくらって、彼はあとずさった。鐘がガンガン鳴りひびく。教会の鐘が、彼を鉄の舌がわりにふりまわしていた。

彼はある名前を叫んだ。ある場所の名を怒鳴った。

それから、心を引き裂かれて、保安官事務所から飛びだした。

だいぶたってから、保安官のこわばった顔がほぐれた。声が変わった。いまは低くぶっきらぼうだ。彼は茫然としながら、いまのやりとりを思いだしているようすだった。

「なんだったっけ」彼は自問した。「だれかがいったのは？　ちくしょう、弱ったな。なんて名前だったっけ？　早く、書きとめろ。それと屋敷ってのは？　どこにあるといってったっけ？」

彼は鉛筆を見つめた。

「ああ、そうだ」とうとう彼はいった。そしてもういちど。「そうだ」

鉛筆が動いた。保安官は書きとった。

屋根裏に通じるはね上げ戸が勢いよくあげられ、恐ろしい男、不正な男があらわれた。

彼は夢を見ているセシーの体のそばに立った。

「鐘」手を耳にあてて、男はいった。「おまえの仕業だな！　わかっていて当然だった。おれを苦しめ、罰していたんだ。やめろ！　焼き殺すぞ！　暴徒を連れてくるぞ！　よ最後にものをつぶすような仕草でこぶしを耳に押しあてると、男はばったりと倒れた。屋敷でひとりだけ起きている女が近寄り、死体を見おろした。暗がりにいるティモシーは、仲間たちがパニックを起こし、ひきつったり、隠れようとしたりするのを感じた。「ああ、母さん」めざめた唇からセシーの落ちついた声がいった。「止めようとしたのよ。でも、止められなかった。こいつはあたしたちの名前を明かしたわ、あたしたちの居所を教えたわ。保安官は思いだすかしら？」

せ、頭が！」

真夜中の孤独な女は、答えを持ちあわせていなかった。

暗がりのティモシーが耳をそばだてた。

セシーの唇から遠くかすかに、と思うとこんどは近くではっきりと、鐘の音が流れてきた。鐘、恐ろしく神聖な鐘。

鐘の音が。

第二十一章　塵(ちり)に還(かえ)る

ティモシーは眠りながら身じろぎした。

悪夢がやってきて、はなれていこうとしないのだ。

彼の頭のなかで、屋根が猛火につつまれていた。窓が小刻みにふるえ、割れた。巨大な屋敷のいたるところで、翼がふるえ、割れるまで窓ガラスをたたいて、飛びあがった。悲鳴をあげて、ティモシーははね起きた。たちまちひとつのことば、つづけてことばの奔流がその唇からこぼれ出た。

「ネフ。塵の魔女。〈ひいが千回つくおばあちゃん〉……ネフ……」

彼女が呼んでいるのだ。静寂がおりていたけれど、それでも呼んでいる。火事と激しい翼のはばたきと割れた窓ガラスのことを知っているのだ。

彼は長いことすわっていたが、やがて動きだした。

「ネフ……塵……〈ひいが千回つくおばあちゃん〉……」

いばらの冠、ゲッセマネの庭、からっぽの墓の二千年前、死に生まれおちた者。ネフ、ネフェルティティの母、人けのない垂訓の山を通りすぎる黒い船に乗ってただよう王家のミイラは、プリマス港でザ・ロック（ピルグリム・ファーザーズの上陸地点）に乗りあげ、北イリノイのリトル・フォートまで陸路を運ばれ、グラント将軍の暁の突撃とリー将軍の青白い夜明けの撤退を生きのびた。長年にわたり闇の一族の葬儀に出席してきた彼女は、部屋から部屋へ、床から床へと転々とし、やがてこの小さな麻縄と茶色い煙草の葉でできた古代の遺物は、バルサ材のように軽々と、上の屋根裏へ運びあげられ、そこでおおいをかけられ、くるみこまれ、じきに生きのびるのに熱心で、記憶のおよばない死の忘れ形見を忘れてしまった一族に無視されるようになった。

屋根裏の静寂と宙を舞う金色のほこりのもとに打ち捨てられ、滋養物がわりに闇を吸いこみ、しじまと静謐（せいひつ）さだけを吐きだしていたこの古代からの訪問者は、溜まりにたまったラヴ・レター、おもちゃ、溶けた蠟燭（ろうそく）と燭台（しょくだい）、ぼろぼろになったスカート、コルセット、たちまちにしてかえりみられなくなった過去の、勝ったり負けたりした戦争を見出しにした新聞を引っぱりだしてくれるだれかを待った。

掘りだし、探し、見つけてくれるだれか。

ティモシーだ。

彼は何カ月も彼女のもとを訪れていなかった。何カ月も。おお、ネフ、と彼は思った。

神秘の島からネフがよみがえったのは、彼がやってきて、めくり、掘りだし、わきへ放ったからだ、彼女の顔が、縫いあわされたまぶたが秋の本のページ、法律冊子、わら人形のネズミの骨でふちどられるまで。

「おばあちゃん！」彼は叫んだ。「許して！」

「そんなに……大声を……だすでない」とささやく声。四千年にわたる静かなこだまから投げられた腹話術師の音節だ。「おまえの……声で……砕けて……しまう」

なるほど、乾いた砂の小板が、包帯を巻かれた肩や、胸当てに刻まれた神聖文字（ヒエログリフ）からはらりと落ちた。

「ご覧……」

ちっぽけな螺旋（らせん）を描く塵が、暗号で埋められた彼女の乳房をかすめていった。そこでは生と死の神々が、ずらりとならんだ背の高い、古代のトウモロコシと小麦に負けないくらいこわばった姿勢で立っている。

ティモシーの目が見開かれた。

「それって」彼は聖獣の野原で跳びはねている子供の顔にさわった。「ぼく？」

「そのとおり」

「どうしてぼくを呼んだの？」

「なぜ……なら……もう……じき……終わり……だから」まのびしたことばが、金色のパンくずのように彼女の唇からこぼれ落ちた。

ティモシーの胸のなかで、一匹のウサギがドシンと体当たりし、走った。

「終わりってなんの⁉」

古代の女性の縫いあわされたまぶたの片方が、ほんのすこしだけ開き、そのなかにはめこまれた結晶のきらめきをのぞかせた。ティモシーがちらっと視線をあげると、屋根裏の梁(はり)にその反射光があたっていた。

「これ？」彼はいった。「この場所のこと？」

「……そうだぁぁぁぁ……」とささやき声が流れてきた。彼女は片方のまぶたをもとにもどしたが、反対側をあけて光らせた。

蜘蛛(くも)そっくりのふるえる指で胸の絵文字をなぞりながら、彼女はささやいた。

「これは……」

ティモシーは応えた。

「アイナーおじさんだ！」

「翼を生やした男か？」

「いっしょに飛んだことがあるんだ」

「運のいい子供だ。ではこれは？」

「セシーだ！」

「やはり飛ぶのか？」

「翼はないけどね。心を送りだすんだ――」

「幽霊のように？」

「人の耳を使ったり、目から外を見たりするんだ！」

「ではこれは？」蜘蛛のように見える指が小刻みにふるえた。

彼女が指さしたところに記号はなかった。

「はは」ティモシーは笑った。「いとこのランだよ。透明人間の。べつに飛ばなくてもいいんだ。だれにも知られずに、どこへでも行けるんだから」

「運のいい男だ。それならこれとこれは、それからこっちのこれは？」

彼女の乾いた指が動き、象形文字を引っかいた。

ティモシーは、悪天候や嵐や戦争にかかわらず、この屋敷に永久に、あるいは百年にわたり住んできたおじ、おば、いとこ、姪、甥の名前をひとつ残らずあげた。三十の部屋があり、それぞれが蜘蛛の巣と、夜の花と、エクトプラズムのくしゃみでいっぱいだった。エクトプラズムは鏡のなかでポーズをとるが、死神の頭をした蛾か、葬儀につきもののトンボが空気をぬい、雨戸を大きくあけて暗闇をなだれこませると、吹きとばされてしまうのだ。

ティモシーはそれぞれの神聖文字の表面に触れた。すると古代の女性がほこりまみれの頭をわずかにうなずかせるなか、その指が最後の神聖文字の上に置かれた。

「わたしがさわっているのは、暗闇の渦巻きか？」

「うん、この屋敷だ」

　そのとおりだった。まさにこの屋敷が——浮きだし模様はラピス・ラズリ、へり飾りは琥珀(こはく)と黄金だ——立っていた、リンカーンがゲティスバーグで無名だったころもそうであったにちがいないように。

　見つめるうちにも、ピカピカの浮きだし模様がぶるぶるふるえ、はがれ落ちはじめた。地震が枠をゆさぶり、黄金の窓をつぶしていく。

「今夜」と内側に丸まった塵がうめいた。

「でも」とティモシーは叫んだ。「ずっと無事だったのに。どうしていまになって？」

「いまは発見と啓示の時代だ。空を飛ぶ絵。風のなかで吹く音。大勢に見られるもの。みんなに聞かれるもの。一千万単位で路上にいる旅人。逃れるすべはない。われわれは宙を飛ぶことばと、子供たちと子供たちの両親がすわっている部屋へ光線で送られる絵とで見つけられてきた。いっぽう虫の触角のようなコイフ（修道女がヴェールの下にかぶるぴったりした頭巾）をかぶったメデューサが、すべてを語り、罰を求めている」

「なんのために？」

「理由はいらない。ひとときの暴露、その週の無意味な警告と遠出、ひと晩のパニックにすぎない。だれが頼んだわけでもないのに、死と破壊が送りとどけられる、子供たちがうしろにいる両親とともにすわり、望んだわけでもない噂話と不要な中傷という極北の呪文で凍りついているあいだに。かまうものか。愚か者がしゃべり、まぬけが請けあうだろう、そしてわれわれは滅ぼされる」

彼女は繰りかえした。

「滅ぼされる……」

すると彼女の胸の上にある屋敷と、少年の頭上にある屋敷の梁が揺れ、さらなる震動を待った。

「まもなく洪水がくるだろう……鉄砲水が。人間の寄せ波が……」

「でも、ぼくらがなにをしたの？」

「なにもしていない。生きのびてきた、それだけだ。そしてわれわれを溺れさせにくる者たちは、何世紀にもわたって生きるわれわれの生をねたんでいる。彼らとちがっているから、われわれは洗い流されるはめになるのだ。静かに！」

するとまたしても彼女の神聖文字が揺れ、屋根がため息をつき、荒波にもまれる船のようにきしんだ。

「どうすればいいの？」ティモシーがたずねた。

「四方八方へ逃げるのだ。いっせいに逃げれば追ってこられない。真夜中までに屋敷はもぬけのからになっていなければならない。そのとき人々が松明(たいまつ)を手にやってくる」

「松明？」

「火と松明が、松明と火がつきものではないのか？」

「うん」ティモシーは舌が動くのを感じた。記憶がよみがえって茫然としていたのだ。それに松明と火」

「映画で見たことがあるよ。貧しい人たちが走ってた、追いかけまわしてた。それに松明と火」

「そういうことだ。おまえの姉を呼びなさい。セシーにほかのみんなに警告してもらわなければ」

「もうしたわ！」とどこからともなく声があがった。

「セシー⁉」

「彼女はわたしたちとともにいる」とかすれ声で老女。

「ええ！　一部始終を聞いたわ」と梁から、窓から、クロゼットから、下り階段から声がした。「あたしはどの部屋にも、どの考えのなかにも、どの頭のなかにもいるわ。もう箪笥がかきまわされ、荷造りがはじまってる。真夜中よりだいぶ前に、屋敷はからっぽになるはずよ」

一羽の目に見えない鳥が、ティモシーのまぶたと耳をかすめ、彼の視線の裏におり立つと、目をしばたたいてネフを見つめた。

「なるほど、麗しき者がいらっしゃるわ」とティモシーの喉と口を借りてセシーがいった。

「たわごとを！　風向きが変わり、洪水がくるもうひとつの理由を聞きたいか？」と齢を重ねた者。

「聞きたいわ」ティモシーは、窓がわりになった自分の目を姉がそっと押すのを感じた。「教えて、ネフ」

「人々がわたしを憎むのは、わたしが死にまつわる知識の宝庫だからだ。その知識は、彼らにとって、役に立つ荷物どころか呪いなんだよ」

「死というのは」とティモシーがいいかけ、セシーが引きとった。「おぼえていられるものなの？」

「ああ、おぼえていられるとも、しかし、おぼえていられるのは死者だけだ。おまえたち生者は目が見えない。しかし、〈時〉を浴びてきたわれら、大地の子供にして久遠の世継ぎとして生まれ変わったわれらは、砂の川と闇の流れを静かにただよい、星々からの砲撃を知っている。星々の放出物は何百万年もかけて地上に雨あられと降りかかり、永遠にとらわれた魂の農園のなかにわれらを探しだす、その魂は大きな種さながらで、その上には大理石の重なりと砂岩の上で飛ぶ始祖鳥——広げた翼の幅は百万年、深さはひと息の始祖鳥の浅浮き彫りになった骨格がある。われらは〈時〉の守護者だ。おまえたち大地を歩く者は瞬間しか知らず、それはつぎの吐息とともに雲散霧消してしまう。

おまえたちは動いて生きるから、たくわえることができない。われらは暗い記憶の倉だ。われらの骨壺は、われらの光と沈黙せる心臓をおさめているだけでなく、おまえたちの想像を絶するほど深い井戸をおさめており、その地下の失われた時間のなかに、かつてあったすべての死、われらがひたすら沈むあいだにも、人類がその上に新たな肉の家屋と絶えず上昇する石の城壁を築いてきた死が、黄昏(たそがれ)につつまれてまどろみ、真夜中を包帯がわりに巻いているのだ。われらは宝庫だ。賢明だから別れを告げる。坊や、その四百億の死は大いなる叡智であり、大地の底にならべられたその四百億が、生者にとって贈りものであるからこそ、彼らが生きられるのではないのかね？」

「そうだと思う」

「思うのではない、坊や。知るのだ。わたしが教えよう。その知識は、世界が生まれ変われるように解放できるのは死だけだから、生者にとって大事な知識は——おまえの途方もない重荷となるだろう。そして今夜が、おまえの務めのはじまる夜なのだ。さあ！」

その瞬間、彼女の黄金の乳房の中心にあるピカピカのメダルが閃光(せんこう)を放った。光が燃えあがり、千匹の威嚇(いかく)する夏のミツバチのように天井に殺到すると、そのひらめきと摩擦だけで、乾いた梁に火をつけた。屋根裏は、はねまわる光と熱でくるくる回転するようだった。小割板という小割板、屋根板という屋根板、桁(けた)という桁がうめき、膨張した。いっぽうティモシーは両腕と両手をあげ、群がる光を避けながら、火のついたネフの胸に目をこらした。

「火だ！」ティモシーは叫んだ。「松明だ！」

「そうだ」と齢を重ねた老女がかすれ声でいった。「松明と火だ。なにも残らない。すべて焼けてしまう」

このことばとともに、ゲティスバーグとアポマトックス（南北戦争の集結地）よりはるか以前に建った屋敷の建物が、彼女の胸当ての上で煙を吐いた。

「なにも残らない！」とセシーがいたるところで同時に叫んだ、ちょうどホタルと夏のミツバチが梁を焦がそうと体当たりするように。「みんな逃げて！」

ティモシーは目をしばたたき、身をかがめて翼の生えた男、眠れるセシー、目に見えないおじ（透明だけれど、雲や雪嵐をぬける風か、黒い小麦の畑を駈ける狼か、月光をむさぼりながらふらふらとジグザグ飛行するコウモリのように通りすぎるときはべつだ）、大股に道を進んで町からはなれようとしている二ダースにのぼるほかのおば、おじ、いとこをとっくりとながめた。あるいは宙を舞い、一マイルはなれた木立へ逃げこんでいるところや、松明に照らされた狂った群衆が、ミイラの老ネフの胸に湧きでてくるところを。窓の外の遠くに、松明を手にしてやってくる本物の暴徒が見えた、逆流する溶岩のように屋敷へむかってくるのだ、徒歩で、自転車で、車で、喉が枯れるほど叫びながら、嵐となって。

床板がずれるのをティモシーが感じたときには、おもりがはずれた秤(はかり)のように、百ポンドの七十倍で、床板はポーチから外へ飛びだした。屋敷の骨格が揺さぶられ、背丈がのびるなか、いまやからっぽになった部屋から風が空気を吸いだし、亡霊めいたカーテンをはためかせ、吸いこんだ息で玄関ドアを大きく開かせ、松明と火と狂った暴徒を迎えいれた。

「みんな逃げて」とセシーが最後の叫び声をあげた。

そして彼らの目と耳と体と心からはなれ、下にある自分の体にもどると、軽やかに疾走した。草地に足跡は残らなかった。

嵐のような活動があった。屋敷じゅうで事態が進展していた。空気が煙突の煙道を駈けあがっている。九十九ないし百本の煙突は、どれもが同時にため息をもらし、うめき声をあげ、嘆いていた。屋根板は屋根から舞いあがっているようだった。翼がそこらじゅうではばたいていた。泣き叫ぶ声がした。部屋はひとつ残らずからになった。この興奮、この活動、この騒ぎのどまんなかで、ティモシーにはひいおばあちゃんがこういうのが聞こえた――

「これからどうする、ティモシー？」

「どうするって？」

彼女はいった。

「あと一時間で屋敷はもぬけのからになる。おまえはここにひとりだけ残り、長い旅に出る支度をしているだろう。わたしはその旅に同行したい。ひょっとしたら、その途中はあまりことばを交わせないかもしれないが、出発する前に、この騒ぎのなかで、おまえにたずねたい、いまでもわたしたちのようになりたいか？」

　ティモシーは長いこと考えこんでいたが、やがていった。

「そのう――」

「はっきりいうがいい。おまえの考えはわかっているが、おまえはそれを口にしなければならない」

「ううん、あなたたちみたいになりたくない」とティモシーはいった。

「これは叡智のはじまりなのかい？」とおばあちゃん。

「わかんない。ずっと考えてたんだ、ずっとみんなを見てきて、もしかしたら、人々がいつも生きてきたのとまったくおなじように生きたいのかもしれないと思ったんだ。自分が生まれたのを知りたいし、自分が死ななくちゃいけないっていう事実を認めるしかないんだと思う。でも、あなたがたを見ていると、みんなを見まもっていると、これだけ長い年月がたっても、ちっとも変わってないのがわかるんだ」

「なにがいいたい？」とひいおばあちゃん。

　突風が吹きよせ、火の粉が飛び、彼女の乾ききったおおいを焦がした。

「だから、みんなはしあわせなのかなって思うんだ。ぼくはとても悲しくなる。夜中に目がさめて、泣くこともある。だって、みんなにはこれだけの時間、これだけの年月があるのに、そこから生まれるとってもしあわせなものがあんまりないみたいだから」

「ああ、そうとも、〈時〉は重荷だ。わたしたちは知りすぎている、思い出が多すぎる。たしかに長く生きすぎた。いちばんいいのは、ティモシー、その新しい叡智のなかでおまえの命を精一杯に生き、あらゆる瞬間を楽しんで、これから何年も先に、身を横たえることだ、自分が人生のあらゆる瞬間、あらゆる時間、あらゆる年を満たしてきたこと、一族にこよなく愛されたことをさとって幸福な気分にひたることだ。さあ、旅立つ支度にとりかかるとしよう」

老ネフがかすれ声でいった。

「これから、おまえがわたしの救い主だ、坊や。持ちあげて、運んでおくれ」

「無理だよ！」ティモシーは叫んだ。

「わたしはタンポポの種やアザミのようなものだ。おまえの息で浮かびあがり、おまえの鼓動で生きながらえるんだ。さあ！」

そのとおりだった。ひと息吹きかけただけで、手で触れただけで、救世主やふたつに割れた紅海よりずっと前に生まれた包帯にくるまれた贈りものが、ふわりと宙に浮きあがった。この夢と骨のつつみを運べるのがわかると、ティモシーは泣きじゃくり、走った。

翼と火の玉のいり乱れるなか、どんよりとした雲が、すごい速さで谷間の上を越えていき、その勢いで地上のものを吸いあげていった。そのため、九十九ないし百本の煙突がひとつ残らず中身を吐きだし、金切り声をあげ、煤とヘブリディーズ諸島からの風と、はるかなトルトゥガ（ハイチ北方沖合の島。海賊の根拠地として有名）からの空気と、カンザスあたりからの迷走台風を一挙に吐きもどした。まず熱帯の嵐が噴きだし、ついで北極の空気が雲に打ちかかり、亀裂を走らせ、粉々に砕いて土砂降りの雨を降らせた。やがて豪雨に見舞われたジョンズタウンなみの洪水が、火を消し止めると、半焼した屋敷が黒焦げになった姿をあらわした。

そして屋敷が打ち壊され、水びたしになるあいだ、土砂降りが暴徒の怒りに水を注いだために、怒りは不意にぬるぬるしたかたまりとなって引っこみ、暴徒は水を引きながら、ゆるゆると動きまわり、それぞれの家へ散らばっていき、あとは嵐がうつろな殻のファサードを洗うばかりだった。いっぽう残ったのは、大きな暖炉と煙突――それが喉を鳴らせば、摩訶不思議な住人が、おぼろげに見える無にぶらさがりそうになっているところまで音が昇っていく――がひとつずつ、それをささえるのは、せいぜい二、三本の材木と眠れる息だけだった。

セシーがそこに横たわっていた。騒ぎに対して静かに笑みを浮かべながら、千人の一族に指図しているのだ、ここを飛びなさい、あそこを悠然と歩きなさい、風に体を乗せなさい、大地に引きずりおろされなさい、木の葉になりなさい、蜘蛛の巣になりなさい、蹄(ひづめ)のない足跡になりなさい、唇のない笑みになりなさい、口のない牙になりなさい、骨のない皮になりなさい、朝靄(あさもや)になりなさい、煙突の喉から出る見えない魂になりなさい、傾聴しなさい、耳をすましなさい、行きなさい、あなたは東へ、あなたは西へ、木をねぐらにしなさい、牧場の草をしとねにしなさい、ヒバリに乗せてもらいなさい、犬といっしょに犬の道を行きなさい、猫の世話になりなさい、もぐりこむバケツを見つけなさい、頭の形がないなら、農場のベッドと枕をへこませなさい、ハチドリとともに夜明けにめざめ、日没のミツバチとともに心地よく群がりなさい、傾聴しなさい、傾聴しなさい、だれもかれも！

そして最後の雨が、焦げた屋敷の燃えがらを洗いおさめすると、雨がやみ、消えかけた煙と、半分の心臓と半分の肺をそなえた半分の屋敷だけがあった。セシーがそこにいて、一族の夢の羅針盤となり、前途多難な目的地へといつまでも導きつづけていた。

夢の奔流となって、だれもかれもが遠くの村と森と農場へむかった。母さんと父さんは、みなといっしょにささやきと祈りの雪嵐のなかにいて、別れを告げ、いつかそのうち帰ってくる、生き別れとなった息子を探しだし、いまいちど抱きしめると約束していた。さようなら、さようなら、ああ、さようなら、彼らの叫び声が小さくなっていく。

やがてあたりは静まりかえり、セシーがもっと憂愁に満ちた別れのあいさつを招きよせるだけとなった。

このいっさいをティモシーは感じとり、涙に暮れながら知った。

屋敷はいま火の粉と煙で煌々と輝き、空を黒ずませ、月に嵐雲をかけていた。そこから一マイルはなれると、ティモシーは一本の木の下で足を止めた。そこでは大勢のいとこたちと、もしかしたらセシーがひと息ついていた。ちょうどそのとき、よたよたと走るおんぼろ自動車がブレーキをかけ、農夫が遠くの輝きと近くの子供をじっと見つめた。

「ありゃあなんだろう?」彼は燃えている屋敷を鼻で示した。

「こっちが知りたいところだよ」とティモシー。

「運んでるのはなんだい、坊や?」

男は、ティモシーのわきの下にはさまれた長い紙束にむかって顔をしかめた。

「コレクションだよ」とティモシー。「古新聞。漫画。古雑誌。見出しは、うへっ、ラフ・ライダーズ（米西戦争当時の米国の義勇騎兵隊）より前のもある。ブル・ランの戦い（南北戦争で南軍が勝利をあげた戦い。一八六一、六二）より前のもある。ごみとがらくただよ」わきの下の紙束が、夜風に吹かれてカサカサと音をたてた。「立派ながらくた、すてきなごみだよ」

「おれにそっくりだ、むかしのな」農夫は低く笑い声をあげた。「もうちがうけどな。乗ってくかい?」

ティモシーはうなずいた。屋敷をふりかえると、ホタルのような火の粉が夜空に舞いあがるのが見えた。

「乗んな」

そして車は走り去った。

第二十二章　思いだす者

長いあいだ――数日やがて数週間――町の上のその場所はからっぽだった。雨が降り、雷が落ちるときに、地下室とその割れた年代ものワインの瓶の上へ沈みこんだ焦げた木材と、黒い骸骨(がいこつ)となって崩れおち、埋もれたワインにかぶさった屋根裏の梁(はり)から、か細い上にもか細い煙があがるのだった。煙があがらないときには、ほこりがヴェールとなってもうもうと舞いあがり、そのなかで幻が、屋敷の面影がひらめき、突然の夢のはじまりのように薄れていき、やがてそれもまたやむのだった。

そして時がたち、ひとりの青年が道をたどってやってきた、ちょうど夢からあらわれ出るか、静寂の海にそって静かな潮から踏みだしてくるかのように、そして自分が奇妙な風景のなかにいて、打ち捨てられた屋敷をながめているのに気づいた、あたかもそのなかにかつておさまっていたものを知っているのに、知らないかのように。

風が、からっぽの木立を吹きぬけながら問いかけた。

彼は注意深く耳をすまし、答えた。

「トム」彼はいった。「トムだ。ぼくを知ってるのか？　ぼくをおぼえているのか？」

木の枝が思いだして小刻みにふるえた。

「いまここにいるのかい？」

（いるようないないような）とささやき声の返事があった。（いるわ。いないわ）

影がうごめいた。

屋敷の玄関ドアがギーッと音をたて、ゆっくりと開いた。彼は上へ通じる階段の最下段へむかった。

屋敷の中心にある煙突が、その場かぎりの天候の息を吐きだした。

「なかへはいって待ったとすれば、そのあとどうなるんだ？」彼はそういうと、静まりかえった屋敷の広大な正面が答えるのを見まもった。

玄関ドアが蝶番で揺れた。わずかに残った窓が、その枠のなかでそっとふるえ、一番星の光を反射した。

耳もとで返事が聞こえたが、聞こえなかった。

（なかへはいって。待って）

彼はいちばん下の段に足を載せ、ためらった。

まるで彼を引きよせるかのように、屋敷の材木が反り身になって彼から遠ざかった。

もう一段上がる。

「わからない。どういうことだ？　ぼくはだれを探しているんだ？」

沈黙。屋敷は待った。風が木立のなかで待った。

「アン？　きみなのか？　でも、そうじゃない。彼女はとっくに行っちまった。でも、べつのだれかがいた。その名前はもうすこしでわかりそうなんだ。いったい……？」

屋敷の材木がじれったげにうめいた。彼は三段めに上がると、てっぺんまで一気に登った。まるで彼を吸いこもうとするかのように、天候が息を吸うそこでは、大きく開いたドアにバランスを崩された。しかし、彼は身じろぎひとつせずに立ち、目を閉じて、まぶたの裏にある影になった顔を見ようとしていた。

名前はもうすこしでわかりそうなんだ、と彼は思った。

（はいって。はいって）

彼はドアをくぐりぬけた。

たちまち屋敷がほんの四分の一インチだけ沈んだ、まるで夜がのしかかってきたか、雲がただよってきて、高い屋根裏の天井に重みをかけたかのように。

屋根裏の高みには、肉体の内側にあるまどろみの内側にある夢があった。

「だれかいるのか？」彼は静かに呼びかけた。「どこにいるんだ？」

屋根裏のほこりが、うごめく影のなかで浮き沈みした。

「ああ、そうか、そうか」とうとう彼はいった。「いまわかった。きみの名前が」

彼は待ちうける屋敷の屋根裏へ通じる、月明かりの射す階段のいちばん下の段へむかった。

深呼吸する。

「セシー」とうとう彼はいった。

屋敷がぶるぶるふるえた。

月明かりが階段を照らしだす。

彼は登った。

「セシー」最後にもういちどいった。

玄関ドアがゆっくり、ゆっくりと動きだし、やがてすーっと動いてから、こそりとも音をたてずに閉まった。

第二十三章　贈りもの

ドアがノックされ、ドワイト・ウィリアム・オルコットは、カルナック（エジプト東部の古代都市遺跡）近郊の発掘現場からとどいたばかりの一連の写真から目をあげた。たっぷりと眼福をたまわった気分だった。さもなければ、ノックに返事をしなかっただろう。彼はうなずいた。それで合図は足りたようだった。というのも、即座にドアが開き、禿げ頭がひょいとのぞいたからだ。

「異例なのは承知してますが」と彼の助手がいった。「子供がきておりまして……」

「異例なのはその点だ」とD・W・オルコット。「ふつう子供がここへくることはない。予約はないんだね？」

「ありません。しかし、あなたへの贈りものを見たあとなら、かならず予約をいれるはずだといっております」

「予約をとるには変わった方法だな」オルコットは考えこんだ。「その子に会ったほうがいいかな？　男の子なんだろう？」

「おろそかにできない少年だといっています。古代の秘宝を持っているとか」

「そいつは聞き捨てならんな！」学芸員は笑った。「通してくれたまえ」

「もう通ってます」とドアの内側に体半分はいったティモシーが、カサカサいう大きなものをわきの下にはさんで進みでた。

「かけなさい」とD・W・オルコット。

「かまわなければ、立ってます。でも、彼女は椅子をふたつ欲しがるかもしれません」

「椅子ふたつだって？」

「かまわなければ」

「椅子をもうひとつ持ってきてくれ、スミス」

「かしこまりました」

二脚の椅子が運ばれてくると、ティモシーはバルサのように軽く長い贈りものを持ちあげ、両方の椅子の上に置いた。おかげで、束になったものにちゃんと照明があたるようになった。

「さて、お若いかた——」

「ティモシーです」少年が名乗った。

「ティモシー、わたしは忙しい身だ。用件にとりかかってくれたまえ」

「わかりました」

「それで？」

「四千四百年と九億の死なんです……」

「なんとまあ、そいつは長い話になりそうだ」D・W・オルコットはスミスに手で合図した。「もうひとつ椅子を」

椅子が運ばれてきた。

「こんどはほんとうにすわってもらうよ、坊や」

ティモシーはすわった。

「もういっぺんいってくれたまえ」

「いわないほうがいいと思います。嘘っぱちに聞こえますから」

「それなら」とD・W・オルコットがことばを選びながらいった。「どうしてきみを信じられる？」

「顔を見てもらえばわかります」

博物館の学芸員は身を乗りだし、少年の青白い思いつめたような顔をしげしげとながめた。

「なんとまあ」彼はつぶやいた。「信じるよ」

「それで、ここにあるのはなんだね？」彼はことばをつづけ、棺台らしきものを顎で示した。「パピルスという名前を知っているね？」

「そんなのだれでも知ってます」

「男の子だからだろう。盗掘やらツタンカーメンと関係があるからね。男の子はパピルスを知っている」

「知ってます。見たければ、じっくり見てください」

学芸員は見たかったのだろう。というのも、すでに立ちあがっていたからだ。

彼は近寄って見おろし、ファイリング・キャビネットを調べるように調べた。寝かせておいた煙草の葉のように思えるものを一枚ずつ。その葉のあちこちにライオンの頭や鷹(たか)の体が散らばっていた。やがて紙をめくる指の動きがどんどん早くなり、彼は胸をなぐられたかのように、あえぎ声をもらした。

「坊や」彼はいい、つぎの息をふーっと吐きだした。「どこでこれらを見つけたんだね?」

「これです、これらじゃありません。それにぼくが見つけたんじゃなくて、ぼくのほうが見つけられたんです。隠れん坊のようなものだそうです。そういってました。それからもう隠れてなかったんです」

「なんとまあ」D・W・オルコットはあえいだ。いまや壊れやすいものの〝傷口〟を両手を使って開いている。「これはきみのものなのか?」

「どちらでもあるんです。ぼくはそれのものだし、それはぼくのものです。ぼくらは一族なんです」

　学芸員は少年の目にちらっと視線を走らせた。

「こんども信じるよ」

「よかった」

「どうしてよかったんだね？」

「だって、信じてもらえなかったら、出ていくはめになったから」少年はじりじりと遠ざかった。

「おいおい」学芸員が叫んだ。「逃げなくてもいい。でも、どうしてこれ、いや、それがきみを所有しているかのような、まるできみの親類であるかのようないいかたをするんだね？」

「なぜなら」とティモシーはいった。「それがネフだからです」

「ネフ？」

ティモシーは手をのばし、包帯をめくった。

パピルスの裂け目のずっと下から、途方もなく年老いた女の縫いあわされた目がのぞいた。まぶたのあいだには幻の小川が隠れていた。彼女の口もとからほこりがこぼれ落ちた。

「ネフです」少年はいった。「ネフェルティティの母親です」

学芸員は自分の椅子まで引きかえし、クリスタルのデカンターに手をのばした。

「ワインを飲むかい、坊や?」

「今日までは飲みませんでした」

ティモシーは長いことすわったまま待っていた。やがてミスタ・D・W・オルコットが小さなワイン・グラスをわたしてくれた。ふたりはそろってワインを飲み、とうとうミスタ・D・W・オルコットがいった。

「どうしてこれ――それ――彼女をここへ運んできたんだね?」

「世界でたったひとつの安全な場所だから」

学芸員はうなずいた。

「たしかに。きみは申し出ているのかね?」いったんことばを切り、「ネフを? 売りにだしてるのかね?」

「まさか」

「では、どうしたいんだね?」

「彼女がここにいるのなら、一日にいちど、話しかけてほしいだけです」気恥ずかしそうに、ティモシーは自分の靴を見た。

「わたしを信用してくれるのかい、ティモシー?」

ティモシーは顔をあげた。

「ええ、もちろんです。約束してくだされば」

それから視線をあげ、学芸員を見すえると、彼は先をつづけた。

「それだけじゃないんです、彼女のいうことに耳をすましてください」

「彼女は口をきくのかね？」

「おしゃべりですよ」

「いまも話しているのかね？」

「はい。でも、そばに寄らないとあなたには聞こえないでしょう。ぼくはもう慣れてますから。しばらくたてば、あなたも慣れますよ」

学芸員は目を閉じ、耳をすました。どこかで、古代の紙がカサカサいっており、耳をそばだてていた彼は、額にしわを寄せた。

「話の内容は、おおよそ、どんなことだね？」

「死について述べるべきあらゆることです」

「あらゆることだって？」

「さっきいったように、四千四百年です。それに、ぼくらが生きられるように死ななければならなかった九億の人々」

「それはたいへんな数の死者だね」

「はい。でも、ぼくはうれしいんです」

「なんて恐ろしいことをいうんだ！」

「とんでもない。だって、もしその人たちが生きてたら、ぼくらは身動きひとつできなかったでしょうから。さもなければ、息をすることも」

「なるほど。彼女はそのすべてに通じているんだね？」

「はい。彼女の娘は〈かつて在りし麗しき者〉でした。ですから、彼女が〈おぼえている者〉なんです」

「『死者の書』の歴史をまるごと語る幽霊というわけかね？」

「そうだと思います。それともうひとつ」ティモシーはいいそえた。

「というと？」

「もしかまわなければ、ぼくが好きなときにこられるよう、訪問者カードを」

「すると、いつでも訪ねてこられるのかね？」

「閉館後だって」

「手配できると思うよ、坊や。もちろん、書類にサインしてもらう。そうすれば大手をふって通れるとも」

　少年はうなずいた。

　男が立ちあがった。

「訊くだけ野暮というもんだが。まだ彼女はしゃべっているのかね？」

「はい。近寄ってください。そうじゃなくて、もっと近くへ」

少年が男の肘(ひじ)をそっと押した。

はるかかなた、カルナックの神殿の近くで、砂漠の風がため息をついた。はるかかなた、巨大なライオンの前足のあいだで、砂ぼこりがおさまった。

「耳をすまして」とティモシーはいった。

あとがき　いかにして一族は集(つど)ったか

いったいどこでアイデアを得るものなのか、そしていったんアイデアを得たら、小説に書くまでどれくらい時間がかかるものなのか？　答えは五十五年あるいは九日だ。

『塵よりよみがえり』の場合、構想は一九四五年にはじまったが、ようやく仕上がったのは、二〇〇〇年にいたる長い期間をへたあとだった。

『華氏四五一度』の場合だと、ある月曜日にアイデアが浮かび、九日後には最初の中篇版を書きあげていた。

そういうわけで、すべては切迫感しだいなのだ。『華氏四五一度』は例外であり、例外的な時期に書かれた。五〇年代にジョゼフ・マッカシーとともに終わりを告げたあの魔女狩りの時期である。

『塵よりよみがえり』に登場するエリオット一族が生を享けたのは、七歳のころのわたしの幼年期だ。当時はハロウィーンがくるたびに、ネヴァおばさんが、わたしと兄を彼女のポンコツ自動車に乗せ、十月の国へ出かけていき、トウモロコシの茎と野生カボチャを集めたものだった。それを祖父の家へ運んでいき、隅という隅にカボチャをしまい、ポーチにトウモロコシの茎をさし、ダイニング・テーブルからとってきた葉を階段の上に置いた。そうすれば、一段ずつおりるかわりに、下まですべりおりるはめになるからだ。

彼女は、蠟の鼻をつけて魔女に扮したわたしを屋根裏に押しこみ、屋根裏に通じる階段梯子のいちばん下の段に兄を隠して、ハロウィーンの客を招き、夜闇をぬけて階段を登らせ、わたしたちの家へはいらせた。雰囲気は奔放で陽気だった。わたしの最高の思い出のいくつかは、わたしとは十歳しか年がはなれていない、この魔法のおばに関するものだ。

おじたち、おばたち、祖母に関するこの背景から、わたしはそのいくつかを紙の上に定着させ、永久に残しておくべきだと思うようになった。それで二十代はじめに、とびきり風変わりで、突拍子もなく、俗悪な——吸血鬼かもしれないが、そうでないかもしれないこの一族のアイデアをもてあそびはじめた。

二十代はじめに、このなみはずれた家庭にまつわる最初の小説を書きあげたころ、わたしは〈ウィアード・テールズ〉のために書いており、原稿料は一語につき半セントという気前のよさだった。初期作品の多くを同誌に発表した。雑誌よりも長生きし、今日にいたるまで読みつがれる物語を生みだしているとは、夢にも思っていなかった。

原稿料が一語一セントにあがると、金持ちになった気がした。だからわたしの小説は一篇ずつ掲載され、一篇につき十五ドル、二十ドル、ときには二十五ドルもらった。一族にまつわる最初の小説、「集会」を書きあげたとき、〈ウィアード・テールズ〉は即座に没にした。〈ウィアード・テールズ〉にすんなり作品が載ることはなかった。わたしの小説が伝統的な怪談でないのが、彼らには不満だったのだ。彼らが欲しがったのは、墓地、深夜、奇妙な歩行者、驚くべき殺人だった。

わたしはマーレイの幽霊を何度もよみがえらすことができなかった。彼ばかりでなく、スクルージにとり憑いたすべての幽霊をこよなく愛していたからだ。〈ウィアード・テールズ〉が欲しがったのは、エドガー・アラン・ポオのアモンティリャアドの酒樽か、ワシントン・アーヴィングの投げられたカボチャ頭のいとこだった。

わたしにはそういう作品がどうしても書けなかった。何度も書こうとしたが、その線にそったわたしの小説は、自分の内側に骸骨を発見し、その骸骨におびえる人間の物語になった。あるいは、正体不明の異様な生きものでいっぱいの壜にまつわる物語に。〈ウィアード・テールズ〉は、不平をもらしながらも、そのうちの何篇かを渋々載せてくれた。そういうわけで「集会」がオフィスにとどくと、彼らは「もうたくさんだ!」と叫び、小説を送りかえしてきた。当時はその作品をどうすればいいのかわからなかった。その手の小説が売れる市場はアメリカにないも同然だったからだ。ふと思いついて、その小説を〈マドモワゼル〉に送ってみた。その前年、衝動的に投稿した短篇小説がさいわいにも売れていたからだ。数カ月が過ぎた。しかたない、たぶん小説は紛失したのだろう、とわたしは思った。とうとう編集者から電報がとどいた。それによれば、雑誌にあわせるため小説を変えるかどうか議論したが、かわりに小説にあわせて雑誌を変えることにしたというのだ！

彼らは、わたしの「集会」を中心にして、十月号を特集号とし、ケイ・ボイルをはじめとする数人に十月を題材にしたエッセイを書かせて誌面を埋めた。わざわざチャールズ・アダムズを起用した。当時アダムズは〈ニューヨーカー〉にオフビートなひとこま漫画を寄せており、独創的で風変わりですばらしい『アダムズ・ファミリー』を描きはじめているところだった。彼は、わたしの十月屋敷とわたしの一族をすばらしい見開きイラストにしてくれた。一族が秋の空を飛びまわり、地上をはねまわっている絵だった。

とうとうその小説が掲載されると、ニューヨークでチャールズ・アダムズと会合を持つ機会に恵まれた。わたしたちは共作を企画した。これからの何年かで、わたしがもっと小説を書き、アダムズがイラストを描くという計画だ。最終的に、小説と挿し絵を一冊の本にまとめるつもりだった。歳月が過ぎ、何篇かが書かれた。わたしたちは連絡をとりあっていたが、べつべつの道を行くことになった。予定していた本の計画は、わたしが幸運にもジョン・ヒューストンの映画『白鯨』の脚本を書くという仕事にありついたために遅れた。しかし、長年にわたり、わたしは愛するエリオット家を訪れつづけた。あのいちどは拒まれた小説、「集会」が礎石となった。エリオット一族の伝記のための建築用ブロックに。彼らの創世と没落、冒険と災難、愛と悲しみ。最後の一篇を書きあげたときには、チャールズ・アダムズは、彼の世界とわたしの世界の妖怪たちが住む永遠へと旅立っていた。

手短ながら、以上が『塵よりよみがえり』の来歴である。これ以外には、登場人物のすべてが、わたしが子供だったころ、あの十月の夕べに祖父の家をそぞろ歩いた親類に基づいていると付け加えてもいいだろう。わたしのアイナーおじさんは実在したし、本書にあらわれるほかのすべての名前も、同様にそのむかし、いとこやおじやおばについていたものだ。世を去って久しいが、彼らはふたたび生き、わたしの想像の産物であるハロウィーンの驚異に信じられないほど感激したこの小僧っ子に大いなる愛で応えてくれたのだ。かつて途方もなく幼く、煙突の煙道や、階段や、屋根裏をただよってくれた。

最近、ティー・アンド・チャールズ・アダムズ財団の親切なかたがたが、一九四八年にわたしがチャーリー・アダムズに宛てて書いた手紙のコピーを送ってくださった――「集会」の屋敷を描いた彼のすばらしい絵に対する賛辞と、イラスト入りの本を共作するという芽生えたばかりの計画についての考えで埋めつくされている。日付は一九四八年二月十一日。手紙（とっくのむかしにお払い箱となった手動式タイプライターで打たれている）の一節にこうある――「……あなたの絵をつけずに本にまとめるなどとは、想像もつきません……その本はクリスマス・キャロルの同類になるでしょう。ハロウィーンがくるたびに、人々はキャロルを買うのとまったくおなじように、その本を買い求め、明かりを暗めにして、暖炉の前で読むでしょう。ハロウィーンは一年のうちで物語をするのにふさわしい時期です……わたしは作家歴を通じてこれほど強く確信したことはありません。わたしと共作していただきたいのです」興味深いことに、わたしのエージェントがウィリアム・モロウ社とそのような本を作る可能性について話しあっていた。かくして、いささか詩的なことに――と思うのだが――モロウ社が、チャーリーの華麗なイラストをカヴァーにしてこの本を刊行する運びとなった。チャーリーにこのプロジェクトが実現したのを見てもらえたら、どんなによかったことだろう！

レイ・ブラッドベリ
二〇〇〇年夏

単行本版訳者あとがき

本書は、アメリカの作家レイ・ブラッドベリの最新長篇 *From the Dust Returned* (2001, Morrow) の全訳である。

作者は「宇宙時代の叙情詩人」と異名をとる幻想作家で、ファンタシー、ホラー、SFの分野で巨匠の名をほしいままにしている。一九二〇年生まれというから、すでに八十の声を聞いたわけだが、その創作意欲はいっこうに衰えを知らない。驚いたことに、朝起きたらタイプライターにむかい、すくなくとも千語（四百字詰め原稿用紙で約七枚）は書くという日課を六十五年以上もつづけているというのだ。

そのことばが嘘でないことは、ブラッドベリの最近の活躍ぶりを見ればわかる。一九九六年と九七年には、書き下ろしが半分以上を占める短篇集『瞬きよりも速く』（早川書房／註1参照）と『バビロン行きの夜行列車』（角川春樹事務所）をたてつづけに上梓して、健在ぶりを見せつけた。その後も九八年にはファンタシー中篇 *Ahmed And the Oblivion Machines*、二〇〇一年には本書、二〇〇二年には収録作の大半が書き下ろし

の短篇集 *One More for the Road*（註2参照）を発表して、ファンを喜ばせつづけている。

なかでもうれしい贈りものだったのが、昨年のハロウィーンに刊行された本書『塵よりよみがえり』だ。長篇としては九年ぶりの新作だったうえに、内容が《一族（ファミリー）》ものの集大成だったのだから、随喜の涙をこぼした者も多かっただろう。評判のほうも上々で、ブラム・ストーカー賞と世界幻想文学賞の候補となった。ちなみに、前者はアメリカ・ホラー作家協会の選ぶ賞。後者は世界幻想文学大会の参加者が選ぶ賞。プロ、アマともに巨匠の新作を歓迎したことがうかがえる。

念のために書いておくと、《一族》ものというのは、作者が長年にわたって書きついできた連作のひとつで、アメリカ中西部に隠れ住む魔物の一族を題材にしたもの。O・ヘンリー記念賞を獲得して、ブラッドベリの文名を一躍高らしめた「集会」をはじめとして、ブラッドベリの全作品中でも屈指の好篇がそろっている。それらの短篇を短い文章でつなぎあわせ、新たなエピソードを加えて長篇仕立てにしたのが本書だ。名作『火星年代記』（一九五〇・ハヤカワ文庫SF）や『たんぽぽのお酒』（一九五七・晶文社）とおなじ趣向であり、本質的に短篇作家であるブラッドベリが、みずからの資質を活かすために選びとった手法といえる。したがって、くわしく述べるようなストーリーはないのだが、大雑把な設定を説明すると――

イリノイ州の片田舎に一軒の屋敷が立っている。そこは魔力をもつ者たちが身を隠すところ。いまその屋根裏で、少年ティモシーが祖母の話を聞こうとしている。祖母といってもほんとうの祖母ではない。というのも、ティモシーが一族に拾われた普通人の子供であり、祖母が四千年前にエジプトで生まれたファラオの娘のミイラだから。〈ひいが千回つくおばあちゃん〉によれば、この屋敷が建てられたのは開拓時代。以来、世界じゅうから魔物や幽霊を集めてきた。古代エジプトから三千年かけてやってきた猫のアヌバ。屋根裏で眠りつづけながら、心を飛ばしている魔女セシー。けっして眠らない〈霧と沼地の貴婦人〉。そしてシェイクスピアとポオの本といっしょに玄関に置き去りにされていた人間の子供……。

翌日はハロウィーン。世界各地に散らばっている家族が、一堂に会する集会の日だ。再会の喜びと別離の悲しみ。そして小さな波乱をふくみながら、日々はつづいていく。やがて、一族の前途に暗雲が垂れこめて……。

ブラッドベリの作品の大半がそうであるように、本書も幼年期の夢と悪夢から生まれてきたものだ。作者は、あるエッセイでこんなことをいっている——

「一九四六年から、わたしは一族と屋敷にまつわる短篇を書きついできたが、そのあいだずっと、知らずしらずのうちに、変わり者だったネヴァおばさん、バイオンおじさん、とりわけわたしの人生の喜びだったアイナーおじさんのことを書いていた。アイナーおじさんは、破鐘（われがね）のような声をだす、大酒飲みのスウェーデン人で、大声をあげて家へ飛びこんできて、絶叫しながら去っていった。彼を愛するあまり、わたしは緑の翼を彼の肩に生やし、彼を夜空へ飛ばして、雲間でわたしをつかまえたり、放りださせたりした」

「八十歳の誕生日が過ぎ、わたしはいま八十一歳の誕生日を心待ちにしている。しかし、『塵よりよみがえり』という鏡をじっとのぞきこむと、わたしはティモシーのなかに自分を見る。……もちろん、心の底でわたしはいつまでも子供でいるだろう。人生を生きるには、それしか方法がないと知っているのだ。幼子（おさなご）の曇りのない目を通して見なければ、世界が分かちあう諸々（もろもろ）をほんとうに味わうことはできないのだ」

　ブラッドベリによれば、本書の核心には幼年期の記憶、とりわけハロウィーンの思い出があるという。わが国では、カボチャのお化け提灯と仮装ばかりが有名だが、ハロウィーンとは、「万聖節前夜（オール・ハロウズ・イヴ）」あるいは「万聖節先宵（オール・ハロウズ・イーヴン）」のことで、後者がちぢまってハロウィーンとなった。万聖節は、あらゆる聖人が等しく祝福を受けるキリスト教の祭日であり、暦の上では十一月一日。したがって、ハロウィーンは十月三十一日の晩ということになる。この晩は、ありとあらゆる邪悪なものが徘徊すると考えられており、魔女や小鬼の扮装や、「お菓子をくれなきゃいたずらするぞ（トリック・オア・トリート）」の儀式の起源はここにある。

　もっとも、これらは古代ケルト社会のお祭りがキリスト教化されたものらしい。十一月一日はケルト民族の新年にあたるが、彼らにとって一日のはじまりは日没であり、十月三十一日の晩から新年が祝われた。人々は冬にそなえて収穫を終え、神々に感謝を捧げたのである。しかし、こうした神々もキリスト教徒から見れば悪魔にほかならない。ハロウィーンに登場する魔女や小鬼は、こうして生まれたのだ。

もういちどブラッドベリ自身のことばを引こう――

「ハロウィーンがくると、ネヴァおばさんはわが家をハロウィーン屋敷と宣言した。カボチャをえぐり、蠟燭をともし、衣裳を着こみ、〝幽霊ごっこ〟をはじめた。おばさんは、魔女の扮装をしたわたしを屋根裏に押しこみ、わたしは下手くそなヴァイオリンを弾いたけれど、こわがる者はいなかった。

そういうわけで、ハロウィーンは祝日中の祝日となった。独立記念日よりよかったし、クリスマスなど足もとにもおよばなかった。なぜなら、すばらしい天気という贈りものがあり、自分以外のものになれたからだ。十二月にはこのふたつが欠けていた」

もはや贅言を費やすまでもない。本書は、ブラッドベリが特別な人々の特別な思い出を封じこめた特別な本なのである。

冒頭で記したように、本書は発表ずみの短篇を下敷きにしている。参考までに題名と初出を書いておこう。

「旅人」The Traveler〈ウィアード・テールズ〉一九四五年十二月号。伊藤典夫訳が

『黒いカーニバル』（ハヤカワ文庫ＳＦ）に収録。

「集会」Homecoming〈マドモワゼル〉一九四六年十月号。宇野利泰訳が『10月はたそがれの国』（創元ＳＦ文庫）に収録。

「アイナーおじさん」Uncle Einar 短篇集 *Dark Carnival*（1947）。宇野利泰訳が「アンクル・エナー」の題で『10月はたそがれの国』（創元ＳＦ文庫）に収録。

「四月の魔女」The April Witch〈サタデイ・イヴニング・ポスト〉一九五二年四月四日号。小笠原豊樹訳が『太陽の黄金の林檎』（ハヤカワ文庫ＳＦ）に収録。ただし、本書収録にあたって「さまよう魔女」The Wandering Witch と改題。

「十月の西」West of October 短篇集 *The Toynbee Convector*（1988）。伊藤典夫訳が『二人がここにいる不思議』（新潮文庫）に収録。

「オリエント急行、北へ」On the Orient, North 短篇集 *The Toynbee Convector*（1988）。伊藤典夫訳が『二人がここにいる不思議』（新潮文庫）に収録。ただし、本書収録にあたってコンマがとれ、「オリエント急行は北へ」On the Orient North と改題。


とはいえ、本書収録にあたって各篇とも大幅に改稿されている。そのため、いくつか矛盾も生じており、直してさしつかえないものは訳文で処理したが、「あとがき」に出てくる「エリオット一族」については、ここで説明したほうがいいだろう。

「あとがき」を見ればわかるとおり、作者はこの連作を《エリオット一族》ものと呼んでいる。というのも、「旅人」と「四月の魔女」で主役をつとめたセシーには、エリオットという名字がついていたからだ。しかし、本書の本文中にエリオットという名前はいっさい出てこない。とすれば、意識的にその名をけずったのだろうが、ブラッドベリの頭のなかでは、あいかわらず《エリオット一族》ものらしい。ご愛敬というところだろう。

さて、本書の成り立ちについては、作者の「あとがき」にくわしいが、いくつか情報を補足しておく。

表紙を飾ったチャールズ・アダムズの絵は、ブラッドベリが所有している。五十数年前、貧乏暮らしをしていたころ、無理をして買ったものだという。ちなみに、アダムズは当時チャス・アダムズと名乗っていた（カバー左下隅のサイン参照）。ブラッドベリはこの絵に惚れこむあまり、短篇集『10月はたそがれの国』（一九五五）の刊行にさいして、模写したスケッチを画家にわたし、参考にさせた。その画家こそだれあろう、ブラッドベリとの名コンビで知られるジョゼフ・ムニャイニだった。

ところで、本書の原書をご覧になったかたは、この日本版とは表紙の絵柄が左右逆になっているのにお気づきだろう。じつは、アダムズの原画に近いのは、この日本版のほうなのだ。〈マドモワゼル〉に載ったアダムズの絵は、屋敷が左、海が右にくる構図だった。原書は左開きになるので、左右を反転させたのだろう。念のため申しそえておく。

「アイナーおじさん」の初出となった短篇集*Dark Carnival*は、作者の処女単行本であり、アーカム・ハウスという怪奇小説専門の小出版社から初版三千部で刊行された。まもなく絶版となったため、現在では稀覯本と化している（千ドル以上の値がつくことも珍しくない）。ハヤカワ文庫版の『黒いカーニバル』（一九七二・増補一九七六）は、同書に準拠しているが、収録作はかなり異なる。やはり同書を母体としたのが、『10月はたそがれの国』で、*Dark Carnival*収録作からは十五篇を選び、大幅に改稿したうえでおさめている。

「集会」も*Dark Carnival*に収録されたが、題名に冠詞がついてThe Homecomingとなった。内容も書きあらためられ、「旅人」「アイナーおじさん」と連作を構成することになった。本書第九章は、このヴァージョンに準拠している（ただし、題名からは冠詞がとれているが）。ところが、『10月はたそがれの国』に収録されるとき「集会」は雑誌初出の形にもどされた（ただし、題名は冠詞つき）。まことにややこしいが、ビブリオ・マニアのかたは参考にされたい。

「オリエント急行は北へ」は、先にTVドラマとして発表された。『怪奇の館～レイ・ブラッドベリ・シアター～』の一話で、制作は一九八八年。なお、文中シェイクスピアの『ハムレット』の引用は、『シェイクスピア全集Ⅲ』（白水社）におさめられた小田島雄志氏の訳文を使用させていただいた。記して感謝する。

このほか訳註めいたことも書きつらねるつもりだったが、切りがなくなりそうなのでひとつだけ。

第十八章で主役をつとめる女性の名前はMargueriteであり、アメリカ式に発音すれば「マーガリート」となる。しかし、花の名前とわからないと意味がないので「マーガレット」とした（余談だが、ブラッドベリの愛妻の名前が、マーガリートである）。逆にアメリカ式の発音でないと意味が通じにくいところもあり、固有名詞については現地音表記とアメリカ式発音表記がいりまじっている。よかれと思ってやったことだが、恣意的な感は否めない。読者のご叱正を待ちたい。

ともあれ、ファンタシーやＳＦ好きが高じてこの道に進んだ訳者にとって、ブラッドベリを訳すというのは夢のような体験である。力不足を痛感させられることになったが、格別の経験をさせてもらった。末筆ではあるが、既訳短篇の訳者のかたがたと編集部の伊藤靖氏に感謝を捧げたい。

二〇〇二年八月

註１　現在はハヤカワ文庫ＳＦに新装版として収録。

註２　『社交ダンスが終った夜に』（二〇〇八・新潮文庫）として邦訳が刊行された。

文庫版訳者あとがき

本書の単行本版が世に出たのは、二〇〇二年九月のことだった。いつまでも若さを失わないブラッドベリの瑞々しい文章と、グロテスクな魔物たちをユーモラスに描いたチャールズ・アダムズの装画が好評を得て、同書はさいわい版を重ね、さらには河出文庫に収録される運びとなった。この愛すべき本が、ひとりでも多くの読者の手にわたることを願ってやまない。

それにしても、ブラッドベリの創作意欲はとどまるところを知らないようだ。単行本版のあとがきでは、短篇集 *One More for the Road*（註1参照）が二〇〇二年に刊行されたところまでお伝えしたが、その後も続々と新刊が出ている。まず二〇〇三年にノスタルジック・ハードボイルド第三弾『さよなら、コンスタンス』*Let's All Kill Constance*（文藝春秋）、二〇〇四年にブラッドベリ原案映画の資料をまとめた豪華本 *It Came from Outer Space* と、書き下ろしが大半を占める短篇集 *The Cat's Pajamas*（河出書房新社刊行予定／註2参照）、二〇〇五年にやはり書き下ろしが三分の一を占めるエッセイ集 *Bradbury*

Speaks が出ているのだ。とても八十の坂を越えた作家、それも功成り名を遂げた人間の仕事ぶりとは思えない。

おそらくブラッドベリは、死と意識的に競争をしているのだ。新作が出るたびに、彼の名声はますます不滅のものとなるのだから。新作を書きあげ、エージェントに発送するたびに、ブラッドベリは郵便ボックスに向かっていうそうだ――「ざまあみろ、死に神、また一点とったぞ！」と。

じつは、このところのブラッドベリは、死を意識せざるを得ない状況にある。まず一九九九年に心臓発作を起こし、車椅子の世話になることが多くなった。左目はほとんど視力を失い、左手もあまり動かなくなって、娘に電話で口述筆記をするようになった。ブラッドベリの新作は、こういう状況で書かれているのだ。

それ以上につらいのが、親しい人たちの死である。二〇〇一年には、本書に登場するセシーのモデルともなった最愛の叔母ネヴァを失い、二〇〇三年には五十七年連れ添った愛妻マーガリートを肺癌で亡くした。二〇〇四年には古くからの友人で最初のエージェントだったジュリアス・シュワーツが他界し、その二カ月後には兄のレナードが世を去った。マーガリートを亡くしたときは、さすがに書く気力を失ったそうだが、それもしばらくのこと。ブラッドベリはふたたび旺盛な創作意欲を見せている。まるで死の影をふり払うかのように。十歳のとき、カーニヴァルの芸人に「永遠に生きよ！」と命じられた少年は、いまもその命令を忠実に遂行しているのだ。

もっとも、ブラッドベリの身辺に不幸ばかりが起こっているわけではない。二〇〇〇年には「アメリカ文学への卓越した貢献」を認められ、ナショナル・ブック・ファウンデーションからメダルを贈られた。さらに二〇〇四年には文学者としては最高の栄誉ともいえるナショナル・メダル・オブ・アーツを受けた。これはわが国の文化勲章に相当するもので、受賞者はホワイト・ハウスで大統領自身からメダルを授与される。そのときの公式コメントは、『火星年代記』と『華氏四五一度』の名をあげ、ブラッドベリを「現役最高のアメリカ人SF作家」と認めていた。

『華氏四五一度』の名前が出たところで、マイケル・ムーア監督のドキュメンタリー映画「華氏九一一」に関する騒ぎについても触れておこう。ムーアは長年にわたるブラッドベリの愛読者で、その題名はブラッドベリにオマージュを捧げるものだった。ところが、事前に相談を受けなかったことでブラッドベリがへそを曲げ、「わたしの題名を返してくれ」と発言したことから、「検閲に反対する作品を書いたブラッドベリが、ムーアを検閲した」と大騒ぎになったのだ。ブラッドベリとしては、自作『華氏四五一度』の再映画化の話が進んでいたので、ムーアの作品と混同されたくないというのが本音だったらしい。いずれにしろ、ムーアがブラッドベリ本人に電話し、謝罪することで、問題は一応の決着を見た。茶番といってしまえばそれまでだが、ブラッドベリの影響力の大きさをあらためて感じさせた事件だった。

このほかの話題としては、ブラッドベリ関連書籍の充実ぶりがあげられる。なかでも、図版資料を駆使してブラッドベリの半生を再構成したジェリー・ワイスト著 *Bradbury: An Illustrated Life*（2002）、五十四年分のインタビューを集大成したスティーヴン・L・アゲリス編 *Conversations with Ray Bradbury*（2004）、ブラッドベリ・ファンのジャーナリストが、長時間にわたるインタビューを基に書き下ろした伝記、サム・ウェラー著 *The Bradbury Chronicles*（2005／註3参照）は見逃せない。とりわけウェラーの伝記は、ブラッドベリ本人が「まるでサム・ウェラーが、どういうわけかわたしの皮膚と頭と心臓にすべりこんだかのようだ――みんなここにある！」と絶賛した好著。ブラッドベリの新作ともども、こうした関連書も機会があれば紹介したい。

二〇〇五年八月

註1　『社交ダンスが終った夜に』（二〇〇八・新潮文庫）として邦訳が刊行された。

註2　『猫のパジャマ』（二〇〇八・河出書房新社→二〇一四・河出文庫）として邦訳が刊行された。

註3　『ブラッドベリ年代記』（二〇一一・河出書房新社）として邦訳が刊行された。

解説——ブラッドベリは変わらない

恩田陸

レイ・ブラッドベリ。

この名前を呟くだけで、何やら甘酸っぱく切ない心地になる人は多いはずだ。私もその一人ゆえ、以下、些か冷静さを欠いた個人的エッセイになることをお許しいただきたい。

私は、SFは青春小説だと思っている。大人になる過程で、自分と世界に向き合う季節に求めるもの。それがSFだ。中でも、ブラッドベリの作品は、青春小説であるSFの、青春たる象徴である気がする。

生と死に出会う少年。イリノイの十月。ハロウィンの夜。屋根裏部屋にある古いもの。

ブラッドベリと聞いて思い浮かべるイメージはいつもそうだ。少年たちの季節である夏が終わり秋が来て、黄金色の原っぱに風が吹き抜け、彼らは大人になる。

ブラッドベリは「SFの詩人」、彼の作品は「サイエンス・ファンタジー」と称されることが多い。トリュフォーが映画化した焚書国家を描いた『華氏四五一度』が、「本ずだ。

けれどもその本質は短編作家で、私が魅了されたのも『10月はたそがれの国』『黒いカーニバル』『太陽の黄金の林檎』などのイマジネーション溢れる短編集だった。それはもう、宝石箱のような、としか形容しようのない豊かで生き生きした世界であり、内容も非常にバラエティに富んでいて、「贈り物」の美しさ、「びっくり箱」の戦慄、「海より帰りて船人は」の佇む男のイメージなど、思い出してもうっとりする。この『塵よりよみがえり』のように、連作短編をつなぎ合わせてひとつの長編にする、という形式の本も多い。

思い返すと、私の中のブラッドベリが萩尾望都の漫画のイメージであることに驚かされる。実際に彼女がブラッドベリの短編を漫画化しているせいもあるが、彼女の漫画のはしばしに出てくるイメージがブラッドベリから得られたものだからだ。小学校時代に読んだ彼女の漫画を通して、私はブラッドベリを読む前から既にブラッドベリを追体験していたらしい。

こんなイメージが強烈に刷り込まれているゆえに、「大人になってから読むと甘ったるくて読めない」という声も聞く。この解説を書くために読み返した私も、その辺りを危惧していた。かつての宝石が色褪せてしまっていたらどうしよう、と。

　しかし、それは杞憂だった。「旅人」、「集会」、「アンクル・エナー」、「四月の魔女」。記憶の中の短編が生き生きと蘇り、のちに書き下ろされた短編と無理なく溶け合って一作の長編になっている。そのみずみずしさはかつてとちっとも変わらない。五十五年の歳月を掛けて完成したというのに！　これがいかに驚異的なことであるか。人はどうか知らないが、私は二、三年もするとすっかり書くものが変わってしまい、文章もテンポや息継ぎが変わってしまう。文庫本になる時など、直せなくて困るくらいだ。しかし、ブラッドベリはやはりいつもブラッドベリなのだと実感する。変わらないもの、永遠の青春小説、それがブラッドベリなのだと。

　そのいっぽうで、私がブラッドベリに抱くイメージがもう一つある。メキシコのお盆である「死者の日」だ。メキシコ中に溢れる、砂糖菓子でできた骸骨のイメージである。ブラッドベリはこのモチーフに愛着があるらしく、何度もこのイベントを自分の作品の中で使っている。私には、これが彼のダークサイドの象徴に思えるのだ。

　私には「ブラッドベリと川端康成は似ている」という自説がある。かつて中学生時代、ブラッドベリの短編にはまっていた時、同じ頃に読んだ川端康成の短編集『掌の小説』の印象が、ブラッドベリの短編集に非常に似ていて驚いたという体験があるからである。どちらも情緒的なイメージの強い国民作家だが、本質的には怪奇作家だというところで共通しているのだ。

そう、ブラッドベリは本質的にはダークサイドを描く作家、影の国の住人なのだ。『たんぽぽのお酒』や『火星年代記』などのリリカルなイメージは表層的なものであり、それらが浮かぶ海は果てしなく暗く深い。彼はひどくグロテスクな短編をかなりの数書いているし、そちらの短編のほうが小説としてリアルだし技巧的である。川端康成も、『眠れる美女』や『山の音』といった猟奇的とも呼べる作品を書いているし、作品全体の印象は暗く妖しいのに、国民作家としての印象は『伊豆の踊り子』や『雪国』といった、清澄で古風な美しさが勝っている。そういう印象が強いのは、彼らが影の国の住人であるからだ。彼らの世界がそうであるからこそ、その暗い海から浮かんできた泡は、光の世界の住人の作るものよりも崇高で美しいのである。

それは、この『塵よりよみがえり』にも色濃く出ている。

丘の上の屋敷に集まる一族は、皆、闇に生きる者どもであり、決して外を歩ける存在ではない。むしろ、古来より人間たちから不吉なものとして十字を切られ、忌まわしきものとして疎んじられ、封印されてきた存在である。ブラッドベリが深く共感し、集会で一堂に会させるのはこういう存在のほうだ。

そこに拾われた「普通の」人間の赤ん坊ティモシー。彼は「普通で」ない、一族に憧れる。月夜に空をとぶアイナーおじさんや、生き物すべての意識にもぐりこめるセシーになりたいと願い続ける。彼が「ひいが千回つくおばあちゃん」から聞かされる、丘の上の屋敷の歴史、一族の歴史。しかし、人々が闇を恐れなくなり、幽霊や伝説を信じなくなってきた時代、彼らの存在は絶望的な危機にさらされる——

ここにはブラッドベリのすべてのモチーフがある。異形のもの、ありふれたもの、過ぎてゆくもの、忘れ去られるもの、変わらぬもの、ほんの一瞬きらめいて消えてゆくもの。それが、丘の上の屋敷に集う一族の中に語られているのだ。

ここでも、ティモシーは生と死に出会い、一人旅立つ。

ブラッドベリには、旅する少年、というモチーフもある。どこかからやってきて、どこかへ去っていく少年。

彼の短編に、永遠に歳を取らず、老夫婦の子供として何年か暮らしたのち、また別の老夫婦の元へと旅を続ける少年の話があったが、ティモシーは何千年も同じ暮らしを続ける一族に別れを告げ、限りある人間としての生を生きることを選ぶ。そして、彼は長い旅に出る——

五十五年の歳月ののちに、この結末を選んだブラッドベリに、やはりまた私は「ブラッドベリは変わらない」と呟いてしまうし、その変わらなさに泣きたい心地になってしまうのだ。

本書は、二〇〇二年一〇月に小社より単行本で刊行され、二〇〇五年一〇月に河出文庫に収録したものです。新装版として刊行するにあたり、新たに口絵を付しました。

塵（ちり）よりよみがえり

二〇〇五年一〇月二〇日　初版発行
二〇二四年一〇月二〇日　新装版初版印刷
二〇二四年一〇月三〇日　新装版初版発行

著　者　R・ブラッドベリ
訳　者　中村融（なかむらとおる）
発行者　小野寺優
発行所　株式会社河出書房新社
〒一六二-八五四四
東京都新宿区東五軒町二-一三
電話〇三-三四〇四-八六一一（編集）
〇三-三四〇四-一二〇一（営業）
https://www.kawade.co.jp/

ロゴ・表紙デザイン　粟津潔
本文フォーマット　佐々木暁
本文組版　KAWADE DTP WORKS
印刷・製本　TOPPANクロレ株式会社

Printed in Japan　ISBN978-4-309-46808-2

海を失った男

シオドア・スタージョン　若島正〔編〕　46302-5

めくるめく発想と異様な感動に満ちたスタージョン傑作選。圧倒的名作の表題作、少女の手に魅入られた青年の異形の愛を描いた「ビアンカの手」他、全八篇。スタージョン再評価の先鞭をつけた記念碑的名著。

輝く断片

シオドア・スタージョン　大森望〔編〕　46344-5

雨降る夜に瀕死の女をひろった男。友達もいない孤独な男は決意する——切ない感動に満ちた名作八篇を収録した、異色ミステリ傑作選。第三十六回星雲賞海外短編部門受賞「ニュースの時間です」収録。

銀河ヒッチハイク・ガイド

ダグラス・アダムス　安原和見〔訳〕　46255-4

銀河バイパス建設のため、ある日突然地球が消滅。地球最後の生き残りであるアーサーは、宇宙人フォードと銀河でヒッチハイクするはめに。抱腹絶倒ＳＦコメディ「銀河ヒッチハイク・ガイド」シリーズ第一弾！

宇宙の果てのレストラン

ダグラス・アダムス　安原和見〔訳〕　46256-1

宇宙船が攻撃され、アーサーらは離ればなれに。元・銀河大統領ゼイフォードとマーヴィンがたどりついた星で遭遇したのは⁉　宇宙の迷真理を探る一行のめちゃくちゃな冒険を描く、大傑作ＳＦコメディ第二弾！

宇宙クリケット大戦争

ダグラス・アダムス　安原和見〔訳〕　46265-3

遠い昔、遙か彼方の銀河で、クリキット軍の侵略により銀河系は絶滅の危機に陥った——甦った軍を阻むのは、宇宙イチいい加減なアーサー一行。果たして宇宙は救われるのか？　傑作ＳＦコメディ第三弾！

さようなら、いままで魚をありがとう

ダグラス・アダムス　安原和見〔訳〕　46266-0

十万光年をヒッチハイクして、アーサーがたどり着いたのは、八年前に破壊されたはずの地球だった‼　この〈地球〉の正体は⁉　大傑作ＳＦコメディ第四弾！……ただし、今回はラブ・ストーリーです。

ほとんど無害

ダグラス・アダムス　安原和見〔訳〕　46276-9

銀河の辺境で第二の人生を手に入れたアーサー。だが、トリリアンが彼の娘を連れて現れる。一方フォードは、ガイド社の異変に疑問を抱き——。ＳＦコメディ「銀河ヒッチハイク・ガイド」シリーズついに完結！

ダーク・ジェントリー全体論的探偵事務所

ダグラス・アダムス　安原和見〔訳〕　46456-5

お待たせしました！　伝説の英国コメディＳＦ「銀河ヒッチハイク・ガイド」の故ダグラス・アダムスが遺した、もうひとつの傑作シリーズがついに邦訳。前代未聞のコミック・ミステリー。

長く暗い魂のティータイム

ダグラス・アダムス　安原和見〔訳〕　46466-4

奇想ミステリー「ダーク・ジェントリー全体論的探偵事務所」シリーズ第二弾！　今回、史上もっともうさんくさい私立探偵ダーク・ジェントリーが謎解きを挑むのは……なんと「神」です。

クライム・マシン

ジャック・リッチー　好野理恵〔訳〕　46323-0

自称発明家がタイムマシンで殺し屋の犯行現場を目撃したと語る表題作、ＭＷＡ賞受賞作「エミリーがいない」他、全十四篇。『このミステリーがすごい！』第一位に輝いた、短篇の名手ジャック・リッチー名作選。

カーデュラ探偵社

ジャック・リッチー　駒月雅子／好野理恵〔訳〕　46341-4

私立探偵カーデュラの営業時間は夜間のみ。超人的な力と鋭い頭脳で事件を解決、常に黒服に身を包む名探偵の正体は……〈カーデュラ〉シリーズ全八篇と、新訳で贈る短篇五篇を収録する、リッチー名作選。

たんぽぽ娘

ロバート・F・ヤング　伊藤典夫〔編〕　46405-3

未来から来たという女のたんぽぽ色の髪が風に舞う。「おとといは兎を見たわ、きのうは鹿、今日はあなた」……甘く美しい永遠の名作「たんぽぽ娘」を伊藤典夫の名訳で収録するヤング傑作選。全十三篇収録。

ハローサマー、グッドバイ

マイクル・コーニイ　山岸真〔訳〕　46308-7

戦争の影が次第に深まるなか、港町の少女ブラウンアイズと再会を果たす。ぼくはこの少女を一生忘れない。惑星をゆるがす時が来ようとも……少年のひと夏を描いた、ＳＦ恋愛小説の最高峰。待望の完全新訳版。

パラークシの記憶

マイクル・コーニイ　山岸真〔訳〕　46390-2

冬の再訪も近い不穏な時代、ハーディとチャームのふたりは出会う。そして、あり得ない殺人事件が発生する……。名作『ハローサマー、グッドバイ』の待望の続編。いますべての真相が語られる。

島とクジラと女をめぐる断片

アントニオ・タブッキ　須賀敦子〔訳〕　46467-1

居酒屋の歌い手がある美しい女性の記憶を語る「ピム港の女」のほか、クジラと捕鯨手の関係や歴史的考察、ユーモラスなスケッチなど、夢とうつつの間を漂う〈島々〉の物語。

突囲表演

残雪　近藤直子〔訳〕　46721-4

若き絶世の美女であり皺だらけの老婆、煎り豆屋であり国家諜報員——X女史が五香街（ウーシャンチェ）をとりまく熱愛と殺意の包囲を突破する！世界文学の異端にして中国を代表する作家が紡ぐ想像力の極北。

歩道橋の魔術師

呉明益　天野健太郎〔訳〕　46742-9

1979年、台北。中華商場の魔術師に魅せられた子どもたち。現実と幻想、過去と未来が溶けあう、どこか懐かしい極上の物語。現代台湾を代表する作家の連作短篇。単行本未収録短篇を併録。

完全な真空

スタニスワフ・レム　沼野充義／工藤幸雄／長谷見一雄〔訳〕　46499-2

「新しい宇宙創造説」「ロビンソン物語」「誤謬としての文化」など、名作『ソラリス』の巨人が文学、SF、文化論、宇宙論を換骨奪胎。パロディやパスティーシュも満載の、知的刺激に満ちた〈書評集〉。

終わらざりし物語　上

J・R・R・トールキン　C・トールキン〔編〕　山下なるや〔訳〕 46739-9

『指輪物語』を読み解く上で欠かせない未発表文書を編んだ必読の書。トゥオルの勇姿、トゥーリンの悲劇、ヌーメノールの物語などを収録。

終わらざりし物語　下

J・R・R・トールキン　C・トールキン〔編〕　山下なるや〔訳〕 46740-5

イシルドゥルの最期、ローハンの建国記、『ホビットの冒険』の隠された物語など、トールキン世界の空白を埋める貴重な遺稿集。巻末資料も充実。

ラウィーニア

アーシュラ・K・ル＝グウィン　谷垣暁美〔訳〕 46722-1

トロイア滅亡後の英雄の遍歴を描く『アエネーイス』に想を得て、英雄の妻を主人公にローマ建国の伝説を語り直した壮大な愛の物語。『ゲド戦記』著者が古代に生きる女性を生き生きと描く晩年の傑作長篇。

パワー　上　西のはての年代記Ⅲ

ル＝グウィン　谷垣暁美〔訳〕 46354-4

〈西のはて〉を舞台にしたファンタジーシリーズ第三作！　少年奴隷ガヴィアには、たぐいまれな記憶力と、不思議な幻を見る力が備わっていた——。ル＝グウィンがたどり着いた物語の極致。ネビュラ賞受賞。

パワー　下　西のはての年代記Ⅲ

ル＝グウィン　谷垣暁美〔訳〕 46355-1

〈西のはて〉を舞台にした、ル＝グウィンのファンタジーシリーズ、ついに完結！　旅で出会った人々に助けられ、少年ガヴィアは自分のふたつの力を見つめ直してゆく——。ネビュラ賞受賞。

白の闇

ジョゼ・サラマーゴ　雨沢泰〔訳〕 46711-5

突然の失明が巻き起こす未曾有の事態。「ミルク色の海」が感染し、善意と悪意の狭間で人間の価値が試される。ノーベル賞作家が「真に恐ろしい暴力的な状況」に挑み、世界を震撼させた傑作。

短くて恐ろしいフィルの時代

ジョージ・ソーンダーズ　岸本佐知子〔訳〕　46736-8

脳が地面に転がるたびに熱狂的な演説で民衆を煽る独裁者フィル。国民が6人しかいない小国をめぐる奇想天外かつ爆笑必至の物語。ブッカー賞作家が生みだした大量虐殺にまつわるおとぎ話。

キンドレッド

オクテイヴィア・E・バトラー　風呂本惇子／岡地尚弘〔訳〕　46744-3

謎の声に呼ばれ、奴隷制時代のアメリカ南部へのタイムスリップを繰り返す黒人女性のデイナ。人間の価値を問う、アフリカ系アメリカ人の伝説的作家による名著がついに文庫化。

ある島の可能性

ミシェル・ウエルベック　中村佳子〔訳〕　46417-6

辛口コメディアンのダニエルはカルト教団に遺伝子を託す。2000年後ユーモアや性愛の失われた世界で生き続けるネオ・ヒューマンたち。現代と未来が交互に語られるSF的長篇。

闘争領域の拡大

ミシェル・ウエルベック　中村佳子〔訳〕　46462-6

自由の名の下に、人々が闘争を繰り広げていく現代社会。愛を得られぬ若者二人が出口のない欲望の迷路に陥っていく。現実と欲望の間で引き裂かれる人間の矛盾を真正面から描く著者の小説第一作。

親衛隊士の日

ウラジーミル・ソローキン　松下隆志〔訳〕　46761-0

2028年に復活した帝国では、親衛隊士たちが特権を享受している。貴族や民衆への暴力、謎の集団トリップ、真実を見通す点眼女、蒸風呂での奇妙な儀式。ロシアの現在を予言した傑作長篇。

青い脂

ウラジーミル・ソローキン　望月哲男／松下隆志〔訳〕　46424-4

七体の文学クローンが生みだす謎の物質「青脂」。母なる大地と交合するカルト教団が一九五四年のモスクワにこれを送りこみ、スターリン、ヒトラー、フルシチョフらの大争奪戦が始まる。

著訳者名の後の数字はISBNコードです。頭に「978-4-309」を付け、お近くの書店にてご注文下さい。